詩經裡的鳥類

顏重威／著

陳加盛等／攝影

詩經裡的鳥類

目錄

漢序 4

顏序 6

引言 8

關關雎鳩 14

鳶飛戾天 19

時維鷹揚 24

鴥彼晨風、鴥彼飛隼 30

鴟鴞鴟鴞 36

振鷺于飛 44

鸛鳴于垤 54

有鶖在梁 58

維鵜在梁 62

鴻飛遵渚 66

弋鳧與鴈 74

鴛鴦在梁 86

鳧鷖在涇 92

鶉之奔奔 102

雞既鳴矣 108

雉之朝雊 112

有集維鷮 118

鶴鳴于九皋 121

肅肅鴇羽 126

于嗟鳩兮、翩翩者鵻 130

鳲鳩在桑、宛彼鳴鳩 136

燕燕于飛 142

脊令在原 148

七月鳴鵙 154

肇允彼桃蟲 160

交交桑扈 164

縣蠻黃鳥 168

維鵲有巢 176

莫黑匪烏、弁彼鸒斯 182

鳳凰于飛 188

鸞聲將將 190

漢　序

重威是我在籌畫自然科學博物館的時候最早來幫忙的老同事。他原在東海大學生物系服務；我只知道他是鳥類專家，捨棄了比較悠閒的學校職位，來到博物館工作。自籌備處至今，二十幾年，默默耕耘，對科博館有很大的貢獻。至於他的專業，鳥類的研究與收藏，他已經是頗受尊重的資深學者了。

我沒有想到他對古文學也有那麼大的興趣。他寄來近著《詩經裡的鳥類》的稿子，頗令我驚訝。可見他在從事鳥類研究之餘，也悠遊於古籍之間，而且把科學的知識運用到古文學的欣賞上。我既不懂得鳥類，也不懂得古文學，除了讚佩之外、實在沒有資格說甚麼。可是面對這樣一本別出心裁的著作，我又忍不住要說幾句話。

我開始讀《詩經》是十多年前的事。我要承認，讀得似懂非懂，只靠書上的註釋去了解。為了排遣忙碌的情緒，我學古人，讀書不求甚解。對於《詩經》中的鳥類，很多不知如何發音，也不覺得應去深究。後來以習書

法消遣，常以《詩經》上的詩句練習，取其文字古雅，耐人尋味。

詩，被稱爲經，可見古人從來就對這些遠古民歌予以義理上的解釋，增加了一些神祕感。在今天看來，似乎是強解，不足爲訓；但卻使樸質的民歌，累積了深厚的文化內涵。這是它意味深長的主要原因。

在台南藝術學院的主建築的大廳裡，我請董陽孜女士寫一幅大字，題在正面的牆壁上，文字的內容希望能把我創設學校的精神表達出來。陽孜要我自己寫一句話。我無文才，就想到《詩經》了。因此翻出「鶴鳴於九皋，聲聞於天」這句詩，請她揮毫。我以此期許南藝的同學們雖在原野之中，卻可大展才華，爲世人所知。照重成的說法，鶴的鳴叫是吸引異性的注意，牠們本來就棲息在荒野濕地裡。如果這樣了解，固然屬於科學真實的描述，恐怕三千年的古人也不會寫這句詩了！因此，自然現象看在樸實的古代農民眼裡，也有詩情畫意或象徵意義的一面吧。

重成寫這本書下了大功夫。他先要把《詩經》中有鳥類的三十一篇研究得一清二楚，把簡短的古文通過註釋，翻譯成白話。然後利用他的生物學專長，查考古代的註疏專著，把詩經上的動植物名詞，詳加說明。對於鳥類，則予以詳細的介紹。旁徵博引，包括名家詩文中的描寫，頗能引人入勝。一種鳥，從古名辭註釋到中國北方的種屬，到生態描述，對於平時不注意鳥類的讀者提供了足夠的知識。

我把重成的文字與我常用的錦繡版《詩經選譯》比對一下，覺得重成所譯，因使用散文，又有生物學的知識，讀起來要清楚明白得多。這是一本很適合一般讀者閱讀的著作，頗符合科博館教育推廣的精神。然而我一直沒有機會問他，他怎麼想到利用《詩經》來介紹鳥類的？

國人盛倡科學與人文的結合，重成這本書，可以說這種精神的最佳詮釋了。

漢寶德

民國九十二年冬 於 世界宗教博物館

序

《詩經》這本傑出的書彙集自西周至春秋戰國時代民間歌謠和廟堂祭祀詞句，由先民傳唱而編輯的歌曲，內容包括販夫走卒的日常生活、青年男女的戀愛故事、兄弟相互的扶持親情、結婚儀式的隆重排場、婦女居家的應有規範、農民忙碌的辛勞耕作、將軍帶兵的盛大陣容、出征男子的思念家室、凱旋歸來的宗廟祭祀、官員出巡的為民辛勞、皇室暴虐的亂倫事蹟、以及平民百姓的憂患意識等等，相當廣泛而又豐富。它是關心人生，反映社會動態和國家治亂的詩篇，經由孔子、三家詩（魯詩、齊詩、韓詩）、毛傳鄭箋和朱熹等的詮釋，已經成為歷代文人學子認定自幼必讀的重要經書。

孔子以《詩經》為教材來教育學生，《論語》為政篇：「子曰：詩三百，一言以蔽之，曰思無邪。」認為讀《詩經》可以感發人之善心，懲惡人之逸志，並作為道德和社會行為之規範。後來學者對《詩經》的詮釋，無論三家詩、毛傳鄭箋和朱熹，也都沒有跳脫此範

疇。這種情形顯示自古以來，中國人重視社會的人文道德，而輕忽對自然現象和自然物的探索。

《詩經》305首中，原分「風、雅、頌」三體裁，陸侃如、馮沅君二位將「南」從風分出，自成唯一體裁，其中有59首提到鳥類，包括南3首，國風26首，小雅20首，大雅5首，頌5首，佔所有詩篇的19.3%。所描述的內容包括鳥類的形態如體色、大小和行為如飛翔、遷移、鳴唱或鳴叫、求偶等，這些都是先民日常生活中對鳥類行為的觀察，其中雖少數有所誤解，但多數還是正確的。這些觀察的資料，對鳥類行為的研究是有幫助的。例如「鶴鳴于九皋，聲聞於野」，從自然科學的角度觀之，已經真實地描寫鶴的生活棲息環境在荒野濕地和牠的鳴叫行為。就現代鳥類學的研究，鶴的鳴叫有吸引異性的青睞、加強夫妻的關係、宣布佔有的領域和警告他鳥入侵領域等多重意義。然而歷代學者則從另一角度審之，引喻鶴鳴是在野賢者的清音，君王應招納入朝重用之。

歷代學者對於《詩經》中所提的幾十種鳥類，雖都有釋其名，可惜對該鳥的生物學知識介紹，一概闕如。例如周南第1首〈關雎〉：「關關雎鳩，在河之洲；」一般的註釋都寫：雎鳩，水鳥也，即魚鷹。然而魚鷹是什麼鳥？體型大小如何？生活習性如何？鳴叫的意義又如何？在生態上扮演什麼角色？則都沒有介紹。再者，詩經裡的許多鳥名，現代已不再使用，而那些古代的鳥，現代又叫什麼名字，有必要加以比對或考證。例如《詩經》裡寫的鳲鳩，據考證就是現稱的大杜鵑；黃鳥就是現稱的黑枕黃鸝。

本書擬以現代鳥類學的現有知識，從自然科學的角度，試著去探索《詩經》所描述各種鳥類的行為，如鳴唱、飛行、繁殖、遷移等的意義，並使《詩經》裡的鳥名與現代鳥類學的鳥名能夠連接起來，使今後讀《詩經》者能多一分鳥類方面的知識。盼本書的出版能增進讀者人文與科學結合的閱讀樂趣，如有錯誤或疏漏之處，敬請予以指正。

顏重威 謹識
于台中 大肚山歸樵廬

序

引 言

如果我們從中國古籍中查找鳥類最初的記載，比較可靠者當推《詩經》。《詩經》是一本歌謠集，記載西元前11世紀（距今約3100年）至西元前5世紀，上下經歷約5、6百年，中國人民的歌唱詞句。如按朝代則最早記載在西周初年，最後產生於春秋五霸時代。當時人民居住的地域，是以黃河流域為中心，南邊則延伸到長江北岸，分布範圍包括現在的山東、安徽、河南、湖北、河北、山西、陝西和甘肅等省。

《詩經》的作者已經不可考，據說是民間男女所歌，公卿列士所獻，周朝樂官和魯國樂官所彙集而編之詩歌，共留下有305篇。《詩經》內容包含「南、風、雅、頌」四種體裁：「南」的本體是起於東周南方長江流域的特別音樂或民間小曲，分周南（11篇）和召南（14篇）；「風」即「國風」，是11個不同地區的民歌，內容大多是男女戀愛的抒情詩歌，亦即現在所謂的流行歌曲，流傳下來共135篇，「雅」在西周就有，起源較早，分「大雅」和「小雅」。「大雅」是官方朝會所用的樂歌，有

31篇。「小雅」是貴族平常宴客所唱的歌，有74篇；「頌」是最原始的舞曲祭歌，分「周頌」（31篇）、「魯頌」（4篇）和「商頌」（5篇），用於讚揚國君功德、祭神和祭祖先。

　　《詩經》裡的詞句，簡短難懂，其內涵經由孔子的尊崇和歷代學者的詮釋，對後代中國人日常生活的影響，既廣且鉅，既深又遠。但這些註譯和評解，都從道德面釋之，以規範人民生活的道德準則。事實上，因它具有多方面的價值：歷史的價值，它忠實地記載古代人民的生活方式，讓後人認識先民墾拓精神；文學的價值，它以賦（直接陳述）、比（比喻）、興（引子）的寫作手法，表達當時人民情愛或怨懟的感情生活和思想觀念，並為後代文學創作模仿的對象；社會的價值，它提出一些社會惡習和敗德的事件，深具警惕後人行為準則的意義；文化的價值，它所記載的一些事與物，已成為後代人民日常生活的一部分，例如鶴象徵清高、長壽，鴛鴦代表夫妻恩愛，鷹表示雄偉威武，牠們的形象、造型已經成為祝壽和祝賀的禮物；藝術的價值，有些詩篇的故事陳述，頗具藝術的表現，如詩〈女曰雞鳴〉篇及〈雞鳴〉篇；科學的價值，它對各種動、植物的觀察和真確的描述，增進人民對自然現象的理解。只可惜它對自然物的描寫，沒有被以自然科學的角度詮釋，反而都被引喻為社會行為的規範。

　　3100年前中國人民所用的鳥類名稱與現在的鳥名有很大的差別。其中除鴛鴦和喜鵲因體色顯明，容易辨識，是少數未曾更改名字的種類外，其餘的鳥名都有所變動。中國古籍中對《詩經》裡的草、木、蟲、鳥、獸等加以註釋，首推《爾雅》。此書是一本辭典，出自秦至西漢時期。而後辭典學陸續發展，如魏朝張輯（西元220~226年）的《廣雅》（後來改稱《博雅》）；晉朝郭璞的《爾雅疏》；宋朝陸佃（西元1125年）的《埤雅》；宋朝羅愿（西元1174年）的

西周時代地圖

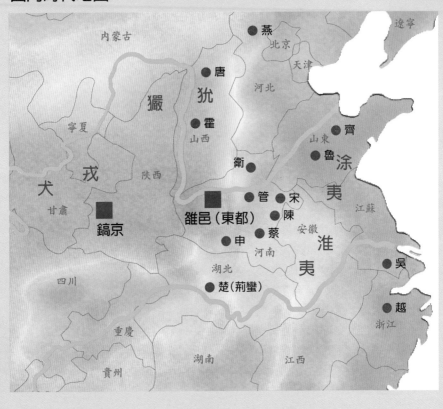

圖例　■西周國都　●封國治

《爾雅翼》；宋、明之間還有邢昺的《疏爾雅》；危素的《爾雅略義》，譚吉聰的《爾雅廣義》，邵晉涵的《爾雅正義》；直至清朝郝懿行的《爾雅義疏》。這些雅學書籍對古代鳥類的名稱多多少少有所詮釋。明朝李時珍所著《本草綱目》(1596)，將中國鳥類分爲水禽（23種）、原禽（23種）、林禽（17種）和山禽（13種）等四類共76種。這是首次將中國鳥類整合，並依生態而分類的一本專著。然而此書仍有一些缺失，如【集解】「鴈」時曰：「大曰鴻，小曰雁，又有野鵝大於鴈，似人家蒼鵝，謂之駕鵝。」這裡所指的鴈，已經包含雁屬裡多種鳥類；又如將獸類伏翼、鼺鼠（鸓鼠）、寒號蟲等列爲鳥，而冶鳥、鳳凰等則查無確據的鳥名。

　《詩經》裡有關鳥類的詩句，大多在描述其體色、飛行、鳴叫、食性、遷徙、棲地等，而考證的工作，只能依據這些簡單的描述，相當困難。中國近代的鳥類學家如鄭作新，在撰寫《中國動物志‧鳥綱》時，對古代的鳥名多少做了些考證，使古籍中的鳥名，與現代鳥類學的鳥名能夠連接起來，以增進理解古人對鳥類的態度與認識。然而在考證的過程中，有些鳥名甚難釐清。如鴟鴞，陸璣云：「似黃雀而小，其喙尖如錐。」喙尖如錐者不僅是貓頭鷹類，鷹鷲類也是。《爾雅》裡將鴟鴞視爲一物，《本草綱目》則認爲是二物，即鴟是鷹鷲類，鴞是貓頭鷹類。可是這二類的種類都很多，無法考證所指是某特定種類。此外，由於先民對鳥類的觀察，遠不如現代科學分類的仔細，《詩經》裡的一種鳥名，可能就是現代好幾種鳥的統稱。例如晨風，又叫隼，而現代鳥類分類的隼，就有紅隼、燕隼、游隼、紅腳隼……等10種，很難指出是那一種了。同樣地，鴞、鷹、鷲、鴻、雁、

春秋列國圖

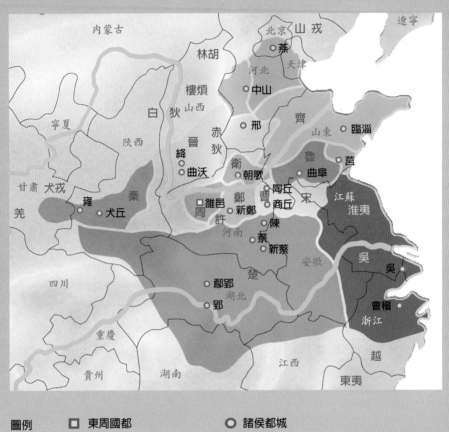

圖例　　■ 東周國都　　　　　○ 諸侯都城

鷺、鳩、鶌鳩等也都是
一名多種。

　《詩經》裡的鳥名
如黃鳥和雉，在許
多首詩中出現，顯
示這2種鳥不僅體
色鮮明，在當時的
分布範圍甚廣，而
且數量也普遍易見，
容易觀察，所以描述
也多。相反地，有些鳥名
如鴇、鵜、鵟和鸛等，僅在一
首詩中出現，顯見其分布範圍狹小或數量不多，不易被觀察到。
本書中整理出《詩經》裡31種鳥名，其中29種在現在鳥類學中可
以整理出來，另外鳳凰和鷿2種，自古就是神鳥，在自然界中並
不存在。

鳥類分布圖區塊顏色代表意義

	留鳥	Resident		夏候鳥	Summer Breeders
	侯鳥	Migrant	●	迷鳥	Vigrant / Accidental
	冬侯鳥	Winter Visitor	↓	過境鳥	Transit

1.關關雎鳩

《詩經》首篇：周南第1首〈關雎〉

關關雎鳩，在河之州；窈窕淑女，君子好逑。

參差荇菜，左右流之；窈窕淑女，寤寐求之。

求之不得，寤寐思服，悠哉悠哉，輾轉反側。

參差荇菜，左右采之；窈窕淑女，琴瑟友之。

參差荇菜，左右芼之；窈窕淑女，鐘鼓樂之。

魚鷹用雙腳按住捕獲的
魚兒，用彎鉤銳利的嘴
撕裂魚肉吞食。

【今譯】

　　停棲在河濱沙洲上的一對魚鷹，正一唱一和地相互鳴叫著；文靜又美麗的淑女，正是高貴優雅之士所追求的對象。

　　在河濱長得長短不齊的荇菜，用手撥水使左右流動而使它近身來；文靜又美麗的淑女，正夢寐不忘地想追求她。當追求未得的時候，日夜都在想念她，真是無限地相思，甚至翻來覆去，整夜都睡不著覺。

　　在河濱長得長短不齊的荇菜，或左或右地採擇它；文靜又美麗的淑女，以彈琴鼓瑟來和之，與她做朋友，相互友愛。

　　在河濱長得長短不齊的荇菜，炒菜時將其左右攪動起來；文靜又美麗的淑女，友情已論及婚嫁，可以敲鐘擊鼓，把她娶回家共歡樂。

　　這首詩有4章，在敘述男子傾慕女子，藉著魚鷹宏亮的鳴叫聲和荇菜生長長短不齊，以表達愛意的過程。最初是寤寐思服的想念，漸漸的是輾轉

牠停棲在枝頭上，雙目炯炯有神地注視下方，等待獵捕的機會。

反側的睡不著覺，最後希望能以琴瑟和鐘鼓聲來打動芳心。這首愛情詩表現出追求愛情，要以正大光明的行為手段，不生邪惡念頭，所以深得孔子和歷代道學者的推崇。

明朝李時珍著《本草綱目》註：「鶚」是魚鷹，也即詩經之「雎鳩」。《本草綱目》【集解】「鶚，能翱翔水上，捕魚食。江表人呼為食魚鷹，也啖蛇。」可見先民對魚鷹的生活習性已經有仔細觀察。此鳥在北方也叫魚鵰。

魚鷹（*Pandion haliaetus*）是體型比老鷹（黑鳶）還大的一種猛禽，屬隼形目鶚科。鶚科僅有魚鷹1種。全世界除紐西蘭和極地外，其他地區都有其蹤跡。分布於寒溫帶的魚鷹是候鳥，通常於春天雪融時返回寒溫帶繁殖。生活於熱帶和亞熱帶的魚鷹則是留鳥，不隨氣候的轉變而遷移，且於12月下蛋生殖。魚鷹在中國境內的分布面甚

雎鳩

瞭望是為了防衛
佔領的地盤和保
護巢中的雛鳥。

廣,各省都有紀錄,在台
灣則是不常見的冬候鳥。

　魚鷹捕魚的技術與一般
吃魚的鳥類完全不同,甚
為特殊:翠鳥和燕鷗俯衝
到水面,用嘴夾住魚兒;
鸕鷀和鰹鳥潛入水中,也
是用嘴捕魚;黑鳶和白頭
鷲用利爪將浮游的魚兒捉
提離開水面;魚鷹通常在
離水面5~30公尺的上空翱
翔,拍翅速度緩慢,時而
滑翔,兩眼注視水面,一
旦發現獵捕的目標,便突
然一個快速俯衝,雙腳的
利爪向下伸展,雙翅高
舉,撲入水中,濺出水
花,並用其有力的利爪扣
緊魚身,然後利用雙翅強
力地拍打水面,使力將身
體彈升上空中,此時腳下

孵蛋育雛的責
任要分工,一
隻在巢中照顧
下一代,一隻
在旁守衛,以
防其他猛禽的
侵犯。

已捉住一條活生生的大魚。魚鷹腳部的外趾可反轉至後面，使四趾成為二前二後，以加強緊握大魚的力量。其爪的基部肉墊有發達的角質小刺，可防掙扎中的魚兒溜掉。然而若在下衝之際，目標魚已沒入深水，不能攫取時，牠會在快入水前，即時上升，並再次盤旋，伺機再俯衝襲擊。

魚鷹築巢於濱海、河川和湖泊等近水域的高大喬木頂上，或無人海島的沙灘上。巢材多以樹枝築成平台狀，體積甚大，巢中央並鋪上較柔軟的材料。通常一窩產蛋3枚，偶而也見產2枚或4枚者。一般而言，雌鳥伏窩孵蛋的時間較多，而雌鳥和雛鳥的食物都是雄鳥負責供給。孵蛋期約35~43天。雛鳥為晚成性，須經雙親餵養成長，才有能力離巢過獨立的生活。這段成長期，在熱帶繁殖者約須63天，在溫帶繁殖者，因有遷移的壓力，只須50~55天。魚鷹在繁殖前，雌雄都會經過一段配對的過程，而此過程以飛舞和鳴叫最令人印象深刻：飛舞是雄鳥在空中作波浪式的飛行表演；鳴叫不僅在吸引異性的注意與配偶的溝通，也是一種防禦，警告有入侵者闖入。據近代鳥類學家的研究，魚鷹至少有3種不同的鳴叫聲：一為守衛叫聲，它是一連串緩和的哨音，音尾聲調加快，有點像煮開水時水開的tiooop-tiooop聲；另一種是發出eeeet-eeeet的警告叫聲，音調短促，哨音清晰而激動，此警告叫聲有引起異性興趣、宣告領域和告知同伴危險將至等多重功能；第3種是乞食叫聲，巢中孵蛋飢餓的雌鳥，向雄鳥要求食物的叫聲。雌、雄魚鷹一旦建立夫妻關係，牠們會年復一年地

用同一巢址，很少有離婚的情形。絕大多數魚鷹是一夫一妻的單配制，但在雌多雄少時，有時也有一夫二妻的事件發生。

魚鷹靠強而有力的利爪，從水中捕捉魚兒，並將魚頭啄除，然後奮力躍升空中，準備到高處享用。

最近幾十年，鳥類學家曾對多種鳥類的鳴聲作過研究，經由觀察、試驗與統計分析，已知鳥類的鳴聲有求偶炫耀、宣告領域、聯繫溝通、警告、乞食等多種意義。但人畢竟不是鳥，要確知鳥類各種鳴唱或鳴叫的意義，確有困難。〈關雎〉這首詩的描述，似乎是作者在剛到河濱時，就聽到魚鷹的相互回應的鳴叫聲，這種鳴叫也許是求偶聲，也可能是宣告領域或警告同伴有人即將趨近，作者則將之比喻爲男士有追求淑女的情意。

2. 鳶飛戾天

1. 小雅〈小旻之什〉第10首〈四月〉
匪鶉匪鳶，翰飛戾天。匪鱣匪鮪，潛逃于淵。

欲辨識正在空中飛行的
鷹鳶，主要是觀察其翼
形和尾形。鳶的尾形是
分叉型，為其他鷹鳶所
沒有，最易辨認。

【今譯】
　　我不是鶉，也不是黑鳶，怎能振翅高飛。我不是鱣，也不是鮪，怎能潛匿入深淵。無處可逃也。

　　這首詩共有8章，在表明江漢之民，怨周政之亂而不得安於其生計。前3章在敘述夏、秋以及冬季的難過日子；第4~6章在描寫惡君在位，山川河流再美好，生活也無法幸福；第7~8章以生物為例，說明生活困苦，自己不如鳥、魚可以逃離現實，也不如植物有固定的安身之處，必須流離四方。本章是第7章，以鶉和鳶在空中有高飛的本事，以及鱣和鮪在水裡潛游的能力，來顯示自己的無能，只能感嘆而已。

　　2. 大雅〈文王之什〉第5首〈旱麓〉
　　鳶飛戾天，魚躍于淵。
　　豈弟君子，遐不作人？

【今譯】
　　黑鳶飛上高空翱翔，魚兒躍入深淵潛游，這是它們的本能。和樂的君子，豈有不作育人群，領導社會的本性？

黑鳶

又名老鷹、鴟鷹。
全長55～67公分，全身大致為暗褐
色，羽緣淡褐色，頭部、腹面有淡
褐色縱斑。尾羽略長呈叉狀。

這是敘述周王之德與其祭祀得福之詩。這篇詩有6章，上列是第3章，意在期待君王要有像鳶在空中和魚在水裡的本事，來作育人群，為社會的表率。

古代人沒有受過科學的訓練，對於鳥類的分類與辨識，還沒有到達準確的程度，更何況要辨認正在空中飛行的鷹鷲，本來就是一件不容易的事，所以著者認為古代人所寫的鵰和鳶，可能是好幾種在空中遨翔的猛禽統稱。中國隼形目鳥類有59種，鵰和鳶都有好幾種，今分別介紹於下：

鵰，又名鷲，是體型較大的日行性猛禽。時珍曰：「鵰似鷹而大，尾長翅短，土黃色。鷲悍多力，盤旋空中，無細不覩。皁鵰，即鷲也，出北地，色皁青。鵰出遼東，最俊者謂之海東青。羌鷲出西南夷，黃頭赤目，五色具備。鵰類能搏鴻、鵠、獐、鹿、犬、豕。」依據李時珍的敘述，鵰有多種，相當於現代鳥類分類鷹科裡的

草原鵰有寬大的雙翅，常在草原和田野上空翱翔，並利用銳利的腳爪，掠捕地面的小型動物。

鵰屬（Genus Aquila）。鵰屬在中國境內有4種，前敘皁鵰，今名烏鵰（*Aquila clanga*），主要分布於東北，其餘3種是草原鵰（*A. rapax*）、白肩鵰（*A. heliaca*）和金鵰（*A. chrysaetos*）。鵰屬鳥類都生活於山地和開闊的草原，常停棲於高崖和大樹頂端俯視獵物，或低空翱翔，尋找獵物。獵捕小獸如鼠、兔、旱獺，中型鳥類如鴨、雉、雁，偶而也見攻擊小型鹿類和野羊。

鳶（*Milvus migrans*）又名老鷹、鷂鷹或黑鳶。分布遍及全國各地開闊平原、荒野和低山丘陵地，以及城市、村鎮、港灣，

金鵰體型壯碩，於矇矓的晨曦裡停棲在樹幹上，目視四方，氣勢雄偉，等待著時機起飛，巡視山林。

鳶飛戾天

黑鳶在空中翱翔的英姿。
猛禽在空中的飛行，拍翅
緩慢，而常有停拍而滑翔
之舉。

並常見單獨一隻在空中盤旋，且偶而發出
尖銳似吹簫般的叫聲，而冬天則有成小群
漫遊的現象，有時也會與大鵟（*Buteo
hemilasius*）混群。台灣的黑鳶過去曾普遍
見於日月潭、烏山頭水庫、曾文水庫、基
隆港和高雄港等水域地區，現只剩基隆港
區還有其蹤跡，其他地方都不見蹤影了。
種群數量減少的因素，可能與環境污染有
關。黑鳶是食肉性鳥類，食物包括各種小
型動物，甚至腐屍，有
時也掠過水面用利爪捕
捉浮游的魚，然後到岸
上去享用。我們在農田
裡噴灑農藥，每家發放
滅鼠藥，那些被毒死的
有害動物，有機會被蛇
或其他動物捕食而將留
在身上的毒素，藉由食

黑鳶雛鳥在巢中，等待親
鳥回來餵食。

金鵰因頭頂至後枕的金黃羽色而名。

物鏈轉移進入黑鳶的體內，而導致繁殖率降低。牠的繁殖期在南方2月就開始，在華北則遲至5~6月。築巢在高大的樹上或山岩峭壁處，每窩產蛋1~3枚，通常2枚，孵化和育雛的責任，雌雄共同承擔。

一般人常說老鷹捉小雞，這是對黑鳶覓食行為的觀察。黑鳶常在農田或曠野上空盤旋俯視，一旦發現地面的小雞有機可乘，即刻俯衝下攫。然而在地面活動的母雞，如覺察到上空有猛禽盤旋，通常會發出警告聲，知會小雞趕快找隱蔽的地方躲藏。只有不聽警告的小雞，才會遭到被掠奪的厄運。

鵰和鳶在鳥類分類同屬隼形目鷹科，都是日出性的猛禽。牠們的飛翔能力強，視覺敏銳，以捕殺小型動物為生。牠們的體型雄偉，獵捕動物的氣勢迅疾而凶悍，是強盛威武的象徵。

鷹鷲類常有獨自一隻停棲於高處的習慣，一方面在維護自己的領域，一方面在觀察鄰近小型動物的動態，以便伺機而動。

鳶飛戾天

3.時維鷹揚

大雅〈文王之什〉第2首〈大明〉
牧野洋洋，檀車煌煌，駟騵彭彭。維師尚父，時維鷹揚，
涼彼武士，肆伐大商，會朝清明。

灰面鵟鷹於每年3月和10月群體在臺灣過境，牠們在空中盤旋的場面甚為壯觀。

【今譯】

　　廣漠的戰場，鮮明的檀木戰車，壯盛的馬匹。太師姜太公，發揚起鷹般的威武，輔佐武王猛攻商國的軍隊。當天早晨就將商軍擊敗，天下從此清明。

　　這首詩共8章，敘述周文王的明德和武王打敗商的經過。上述是此篇詩的最後1章，以鷹在空中的翱翔氣勢，表示軍隊的威武。

赤腹鷹是體型較小的日行性猛禽，棲息於林木之中，並在林地裡覓食。牠是遷移性的候鳥，每年9月過境台灣南端的恆春地區。

《本草綱目》「鷹」的釋名爲角鷹、鷻鳩。時珍曰：「鷹以肩擊，故謂之鷹。」《禽經》云：「小而鷙者皆曰隼。大而鷙者皆曰鳩。」鳩者，鷲也。《爾雅翼》云：「在北爲鷹，在南爲鷂。」日行性的猛

白頭鷂體型中等，通常在開闊的草原和沼澤地低空巡弋飛行，拍翅緩慢而無聲，雙眼注視地面，一旦發現可獵之物，即刻下撲攫取。

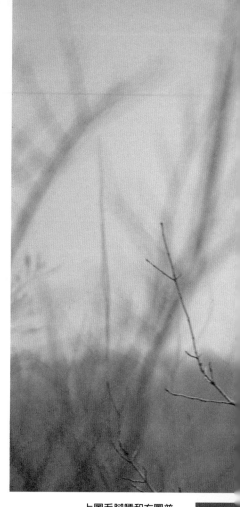

上圖毛腳鵟和右圖普通鵟都是體型中等猛禽，體型相似，其差別在於前者下頦白色，尾羽末端有黑色橫斑；後者的下頦暗褐色，尾羽末端無黑色橫斑。鵟類的體型比鷂類圓胖而顯得粗壯。

禽，在古代中國的書籍中有鷹、鷂、鵰、鵟、隼和鶚等，若就現代鳥類學的分類，其中鷹就包含隼形目鷹科鷹屬（Genus Accipiter）、鷂屬（Genus Circus）和鵟屬（Genus Buteo）的猛禽，所以不特指某一種。詩中的鷹沒有形態上的描述，應是猛禽的統稱。

中國鷹屬有6種，體型較小，雌大於雄，翅較短而圓，尾羽較長，腳也細長。一般都棲息於森林中，築巢也在樹的高枝上。鷂屬也有6種，體型中等，翅長而尖，尾羽和腳也較長。一般生活於開闊的草原和沼澤地，築巢在地面上。鵟屬有4種，體型中等，翅長而尖，尾圓形，腳長而強勁有力，生活於開闊的草原、半沙漠和山區等較為乾旱的地區，通常在峭壁垂岩的平台上築巢。

鷹以捕殺其他小型動物為食，掠奪性甚強，在食物鏈中屬最高層的掠食者。牠有很強的飛翔能力和敏銳的視覺，常見在空

中翱翔。孟浩然〈南歸阻雪〉：「積雪覆平皋，飢鷹捉寒兔。」敘述牠的掠食性；王維〈觀獵〉：「草枯鷹眼疾，雪盡馬蹄輕。」說明牠的眼力好。牠的形象雄偉，氣勢威武，一向都被認為是「力」的象徵。《詩經》中的「鷹揚」一詞，表示牠威猛的氣勢。

在台灣地區如欲觀賞鷹揚的氣勢，比較

時維鷹揚

赤腹鷹

全長26.5~30.3公分，上體及兩翼灰藍色，後頸和肩羽基部白色；中央尾羽灰黑色，末端較暗，外側尾羽暗褐色，具黑色橫斑；胸腹和兩肋赤棕色。

虎頭海雕

全長約102公分，通體大致黑褐色，腰和尾上覆羽白色，尾呈楔形，飛羽黑褐色，喉暗褐色，各羽具淡色縱紋；胸腹暗褐色。

虎頭海鵰體型碩大，常單獨活動於海邊、河口和沼澤濕地。

普通鵟在空中遨翔
的威武雄姿。

好的季節是秋季10月過境恆春半島和春季3
月過境八卦山的灰面鵟鷹。牠們隨季節轉
換而群集遷移,數量可多以千計,在空中
翱翔,甚為壯觀,並每年吸引眾多觀鳥
者,前往守候觀賞。

時維鷹揚

4. 鴥彼晨風、鴥彼飛隼

1. 國風〈秦〉第7首〈晨風〉
鴥彼晨風，鬱彼北林，未見君子，憂心欽欽。如何如何？忘我實多。

遊隼——一種飛翔非常迅速的猛禽。

【今譯】

　疾飛的隼，還會返回那茂盛的北林棲息，未見丈夫回來，心中有無限的憂愁。為何不回來呢？你把我忘的太久了。

　「晨風」這首詩共有3章，意在表達在家的婦人，思念遠赴他鄉的丈夫，久出不歸，為何還不回家。上述為第1章，藉隼的飛翔能力很強，牠在高空翱翔，終究會返回林中休息，丈夫還不如鳥之思歸。

2. 小雅〈彤弓之什〉
第4首〈采芑〉
鴥彼飛隼，其飛戾天，亦集爰止。方叔涖止，其車三千，師干之試。方叔率止，鉦人伐鼓，陳師鞠旅，顯允方叔，伐鼓淵淵，振旅闐闐。

【今譯】

　那疾飛的隼，一飛衝上天空翱

翔，而後停棲在樹上。大將軍方叔蒞臨檢視他的軍隊，他的兵車有三千多輛，軍隊的操作都很熟練。他率領軍隊征討荊蠻，打鐃和伐鼓者各有專司，集合軍隊宣誓出師。方叔誠然是最高統帥，揮軍殺敵，鼓聲淵淵而雷動，班師歸來，鼓聲闐闐而壯盛。

這是一篇讚美大將軍方叔的軍隊，陣容強大，訓練有素，能征善戰，班師凱旋歸來盛況的詩。全篇共4章，上述為第3章，藉隼在天空強勢的飛行，既快速又強勁，其氣勢如排山倒海，神勇無比來比喻方叔的強勢軍容。

3. 小雅〈彤弓之什〉第9首
〈沔水〉
沔彼流水，朝宗於海；鴥彼飛隼，載飛載止。嗟我兄弟，邦人諸友，莫肯念亂，誰無父母？
沔彼流水，其流湯湯，鴥彼飛隼，載飛載揚。念彼不蹟，載起載行。心之憂矣，不可弭望。
鴥彼飛隼，率彼中陵；民之訛言，寧莫之懲，我友敬矣，讒言其興！

【今譯】
那氾濫的水，流向大海；那疾飛的隼，飛落樹林。可歎我們兄弟和邦人諸友，沒有一個人對現在社會的禍亂感到憂慮，誰沒有父母？
那氾濫的水，越流越盛漲；那疾飛的隼，越飛越高揚。那不循道理而行的人，越來越胡鬧。我心的憂

紅隼（上圖雄鳥，下圖雌鳥）是小型猛禽，在空中活動迅速敏捷，也能靠雙翅的扇動而定點停住於空中，或快速下撲攫奪地面的獵物。

鴥彼晨風、鴥彼飛隼

獵隼

全長42～57公分，頭部深棕色，背面棕灰色，雜以棕黃色橫斑，胸白色，腹乳黃色。

紅隼

全長37～31公分，雄鳥頭頂至後頸暗灰色，背及翅上覆羽磚紅色，具黑褐色斑點；飛羽灰色，腰至尾羽灰色，尾羽具寬的黑色橫斑，腹部淡褐黃色，胸腹有黑褐色縱斑；雌鳥背面淡紅棕色，帶黑褐色縱斑，飛羽黑褐色，羽緣白色。

紅腳隼

全長25.5～29公分，通體幾乎淺灰色，尾下覆羽和覆腿羽棕紅色，雌鳥似雄鳥色澤較淡，胸部布滿黑褐色縱紋，至腹部轉為點斑；尾下覆羽和覆腿羽棕黃色。

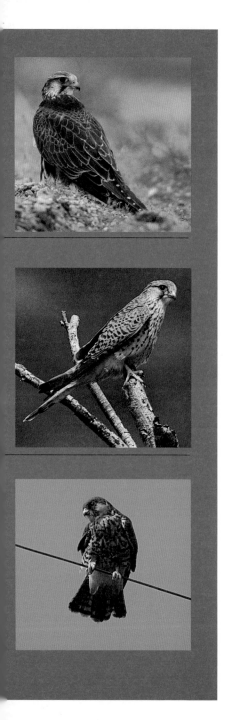

軾彼晨風、軾彼飛隼

傷實無法終止。

　那疾飛的隼，循著中陵而飛；那謊造的妖言，乃無人審察制止；我的朋友，你們要有所儆戒，讒言將到處傳播。

　社會發生禍亂，不實的謠言四處流竄，有如那氾濫的水到處亂流，空中的隼任意飛行，一切都沒有準則和規範，越來越亂，令人憂心。這首詩表明當時社會混亂不靖，竟然沒有人來加以制止或導正，甚為憂慮與傷心的詩。

《本草綱目》有 3 則鳥名中提到「隼」：在「鷂」則之【釋名】云：「鷹以膺之；鷂以狡之；隼以尹之；鶻以周之；鷲以就之；皆言其擊搏之異也。」其次是「鷹」則中，李時珍曰：「鷹以肩擊，故謂之鷹。」這種在空中襲擊飛行鳥類的行為，多為隼屬的鳥類所為。《禽經》云：「小而鷙者皆曰隼。大而鷙者皆曰鳩。」再次是「鴟」則，在【釋名】中云：「鴟，其聲也。鳶，攫物如射也。隼，擊物隼也。鶻，目擊遙也。《詩疏》云：隼有數種，通稱為鶻。」古人對於掠奪性強的猛禽，多見其在空中飛行的行為，對其體色分配的部位沒有細察，故多以其體型的大小和在空中的行為而命名。

　隼在天空的飛翔，其快、狠、準的特性，顯然很早就令人注目。《詩經》裡所出現 3 首有關隼的詩，均以其飛行的行為敘述，而忽略對其體色的介紹。中國隼屬（Genus Falco）有10種，大多是候鳥。《詩經》裡沒有形態的敘述，無法查出所指是何種，很可能是數種的通稱。但如以目前分布的廣度和數量的普遍性，當以紅隼（*Falco*

tinnunculus）、燕隼（*F. subbuteo*）和紅腳
隼（*F. vespertinus*）等較為常見。

　　隼屬的鳥類都棲息於開闊的環境，如農
田、曠野、山麓溝谷、疏林等的樹上和山岩
峭壁上。多單獨或成對活動。飛行時拍翅
快速，偶而會作短時間的滑翔，也會藉著
上升的氣流，拍翅快速地定點在空中的某
一高度，兩眼注視地面上的動靜，一有機
會即俯衝而下，直撲獵物，也會追擊正在
空中飛行的鳥類。牠是食肉性，捕食各種

紅腳隼的體型比紅隼
略小，體背石板灰
色，腿羽和尾下覆羽
棕紅色，容易與紅隼
分辨。二者的生活習
性相似，而後者的分
布遍及全中國，前者
僅見於華北和東北地
區。

野鼠，昆蟲和小鳥。營巢環境多樣，設在喬木的高枝上、山壁的岩隙或洞穴，也會佔據鵲、鴉的舊巢，或與鵲、鴉搶奪現用的巢。繁殖期在4~5月，每窩產蛋3~6枚，視種類而有所不同。一般由雌鳥孵蛋，當雌鳥外出覓食時，才由雄鳥代替。蛋經28~30天孵化出雛，雛鳥晚成性，經過父母30~40天的共同餵養，始有能力離巢，並開始過獨立的生活。隼在台灣的記錄有3種，都是冬候鳥。遊隼（*F. peregrinus*）和燕隼是不規律，且數量稀少、偶見的冬候鳥；

紅隼是每年必到，且普遍易見的冬候鳥，冬季常見在田野的空中翱翔。

　　隼的襲擊捕食行為，在文學上多稱隼擊，以表示其威猛。如李商隱詩：「虎威狐更假，隼擊鳥逾喧。」說明隼擊使鳥更為害怕而竄逃。如武元衡詩：「共憐秋隼驚飛至，久想雲鴻待侶還。」這裡很清楚地指明牠是秋至的候鳥。古代人也多豢養以為放鷹。所謂放鷹，就是捕捉鷹隼，並加以嚴格訓練，使之能聽從主人的指令。當主人把牠放上空中時，牠能為主人追捕獵物，然後將捕到的獵物帶回主人面前。當然鷹和隼的捕獵行為是有所差別，一般以養隼為佳。這種放鷹活動，現仍盛行於阿拉伯王公貴族之間。

獵隼是隼科體型較大的鳥類，牠棲於山區、河流或沼澤等環境開闊的地區。在空中飛行迅疾，以追捕野鴨、野兔和野鼠為食。

5.鴟鴞鴟鴞

1.國風〈豳〉第2首〈鴟鴞〉

鴟鴞鴟鴞，既取我子，無毀我室，恩斯勤斯，鬻子之閔斯。

迨天之未陰雨，徹彼桑土，綢繆牖戶。今汝下民，或敢侮予。

予手拮据，予所捋荼，予所蓄租，予口卒瘏，曰予未有室家。

予羽譙譙，予尾翛翛，予室翹翹，風雨所漂搖，予維音嘵嘵。

貓頭鷹的眼睛，如同人類一樣，置
於顏面的前方，與一般鳥類置於頭
側兩邊不同。因此兩眼的視力在前
面交匯集中，較能看到立體圖像。
上圖是棲於濃密樹林的領角鴞。

【今譯】

　　猛禽呀！猛禽，你既然奪取我的兒子，就不要再毀壞我的巢，我一片愛心，辛勤照顧，完全是爲了這可憐的孩子。

　　趁著陰雨之前，趕緊去採取桑樹的細根，將鳥巢纏繞結紮。今在巢下的人，有誰還敢來欺侮我？

　　我的手因採取桑樹根而疲軟，我的口因採蘆荻穗子做巢也累病，但是巢窠還是沒做好。

　　我的體羽脫落，尾羽疲敝，我的巢窠要倒了，甚爲危險，在風雨中飄搖，只嚇得我慌亂地叫。

　　商紂之子「武庚」勾結管叔和蔡叔舉兵叛亂，周公奉成王之命平定叛亂，安定國家，乃寫這首詩表明自己的心跡，陳述保衛周室的苦心。他將凶猛的鴟鴞比做「武庚」，有野心篡位而奪取管蔡二子，還想來毀滅周室。無論鴟鴞是代表1種鳥，或如李時珍所說鴟和

大部分的貓頭鷹在夜間活動，牠們靠敏銳的聽覺、犀利的視力和拍翅無聲等特性來獵食。少部分的貓頭鷹在日間活動。鷹鴞的活動時間在黃昏和夜晚。

鴞是2種鳥，所指者都是具有強烈掠奪性的猛禽，專門以攫取小型動物為生。

2. 國風〈陳〉第6首〈墓門〉

墓門有棘，斧以斯之。夫也不良，國人知之。知之不已，誰昔然矣。
墓門有梅，有鴞萃止。夫也不良，歌以訊之。訊予不顧，顛倒思予。

【今譯】
　　城門有棵酸棗樹阻礙行人，用斧子把它劈除。此人素有不良，國人皆知。知之而不加以制止，是誰放縱他到這種地步。
　　城門有棵梅樹，貓頭鷹聚集停棲在樹上。此人素有不良，我以詩歌加以勸告。我的勸告不被採納，到了顛覆敗亡時再想到我的話，已經太遲了。

　　貓頭鷹的鳴聲，大部分是單調而粗啞，甚不好聽，素有惡名。這首詩藉貓頭鷹的

惡名，來表達惡人的敗德行為，並諷刺陳
君的軟弱，不能除惡務盡。

　　3. 大雅〈蕩之什〉第10首〈瞻卬〉
　　懿厥哲婦，爲梟爲鴟。
　　婦有長舌，維厲之階。
　　亂非降自天，生自婦人。
　　匪教匪誨，時維婦寺。

【今譯】

　　可歎！那詭計多端的婦人，眞是像貓頭
鷹的惡聲，令人害怕。婦人長舌多嘴，就
是發生禍亂之源。禍亂不是從天而降，而
是婦人所造成。最不可教誨者就是婦人和
宦官。

鵰鴞是體型最大的貓
頭鷹，身長可達80公
分。牠棲息於山地林
木之中，夜間出來活
動。鳴聲是低沉「呼」
的迴響音，雄鳥也會
發出宏亮的「咕—
咕、咕、咕」叫聲。

這首詩甚長，共有7章，意在敘述幽王寵愛褒姒，導致國家紛亂而感傷的詩。上述為第3章，以貓頭鷹的惡名比喻寵妃干擾朝政，所帶來的不良後果。

斑頭鵂鶹是頭上無耳羽的小型貓頭鷹，屬於白天活動的一種。主要棲息於闊葉樹林裡。

4. 魯頌第3首
〈泮水〉
翩彼飛鴞，
集于泮林。
食我桑黮，
懷我好音。
憬彼淮夷，來獻其琛。元龜象齒，大賂南金。

【今譯】

那飛翔的貓頭鷹，停棲在泮水地區的樹林裡。吃我的桑葚，回報我好音。那蠻悍的淮夷，來獻珍寶、大龜和象牙，並餽贈南方所產的金子。

這是一首長詩，共有8章，敘述魯侯伯禽賢明，有良好的德行，以屈服荊蠻的淮夷，並將其事蹟告祭於泮宮。此為最後1章，以勇猛無敵的貓頭鷹來表達征服蠻夷的成果。大多數的貓頭鷹是夜間活動的猛禽，也有少數種類在日間活動。

短耳鴞

全長33.5～37.5公分，面盤棕黃色，雜有黃褐色羽毛，眼周黑色，眼黃色，眼先白色綴有黑斑，頭頂兩側具黑褐色，耳羽不甚顯露，腹羽具縱紋，背面黃褐色帶暗褐色縱斑或橫斑。

雕鴞

全長60～68公分，面盤棕栗色雜有褐色細斑，眼先及前緣被白色毛狀羽，先端黑色，眼上方有一大黑斑。背部棕褐色雜以黑褐色橫斑，腹面棕色具寬粗褐色縱紋。

縱紋腹小鴞

全長22～24公分，背面灰褐色，頭部顏色較深，並具有白色軸斑，腹面顏色淺棕白色，帶有褐色縱紋。

鴞，《本草綱目》【釋名】「梟鴟、土梟、山鴞、雞鴞、鵩、訓狐、流離、魂。」李時珍曰：「鴟與鴞二物也。周公合而詠之，後人遂以鴟鴞爲一物，誤矣。」李時珍又曰：「鴞、鵩、鵂、鶹、梟，皆惡鳥也，說者往往混註。……今通攷據，并咨詢野人，則鴞、梟、鵩、訓狐，一物也。鵂鶹，一物也。」依據李時珍的註解，鴟是日出性的猛禽，如鷹鷲類，而且有好幾種；鴞是夜出性的猛禽，如貓頭鷹類，同樣也有好幾種。

這4首詩所提到的鴟鴞或鴞，均沒有形態的描寫，無法推測所指是什麼鳥，只知道是鷹鷲類或貓頭鷹類而已。中國隼形目（即鷹鷲類）鳥類有59種，其中鷲、海鵰、鷹、鳶、鶹、隼等，無論體型、大小、棲息地和習性都各不相同，但都具有銳眼、鉤嘴、利爪、善飛、掠奪動物等特性。中國鴞形目（即貓頭鷹類）有29種，各種之間的體型、大小、棲息地和習性差別很大。就體型而言，有的頭頂兩側長有耳羽如長耳鴞（*Asio otus*），有的沒有長耳羽如鷹鴞（*Ninox scutulata*）；最大者如鵰鴞（*Bubo bubo*），體長80公分，最小者如領鵂鶹（*Glaucidium brodiei*）體長僅16公分；有的棲息於森林，有的生活於草原；雖然大部分是夜出性，但也有少數在白天活動。牠們的視覺銳利，聽覺靈敏，飛行時身上不發出任何響聲，以利於捕殺鼠、鳥、昆蟲和其他小型動物爲食。體色以褐色系爲主，都沒有亮麗的彩色配置，外觀不甚討人喜歡，在夜間的鳴聲多數都單調而不悅耳，有的且甚有恐嚇之聲勢，所以被古代

人誤為惡鳥。

　此外，更由於不實故事的流傳，如說鴟鴞「喜破鳥巢而食其子」是為不仁；「從母索食而不允時，會啄瞎母鳥的眼睛」是為不孝，更增加其惡名，甚至成為惡人的代名詞。如孟郊〈感懷〉：「鴟鴞鳴高樹，眾鳥相因依。」此詩指的便是好人不得不附和惡人的言行。事實上，無論鷹鷲類或貓頭

這是一隻剛離巢的領角鴞幼鳥，在牠的成長過程中，要經過幾次的換羽，也就是舊毛脫落，再長新毛，才能成為成年的羽色。

鷹類都是獵捕其他動物，以捕鼠類，在維護自然界的生態上，都扮演著重要的角色。然而近學發明，殺蟲劑和滅鼠劑大量應用於農業上，消滅大量的昆蟲和鼠類，增加農產量。身上含有殺蟲劑和滅鼠劑的動物被鷹鷲或貓頭鷹捕食，其毒素自然轉移到這些猛禽身上，導致種群數量的銳減。

貓頭鷹的巢，有些種類設在樹洞中，有些種類築在石壁隙縫中。這是小鴞的巢，設在土牆的洞穴內。

鼠類為貓頭鷹喜愛的食物。骨骼和毛等不能消化的部分會被貓頭鷹以食繭的形式從嘴裡吐出來。

鴟鴞鴟鴞

飛

〈...什〉第3首〈振鷺〉

...彼西雝。我客戾止，亦有斯容。

...在此無斁。庶幾夙夜，以永終譽。

白鷺的初級飛羽，也就是翅膀外側最長的翼羽，潔白而挺直，古人將其做成羽扇，以為舞蹈的工具。

【今譯】

　　一群白鷺在西邊的沼澤中飛翔。我的貴賓夏王和商王之子來助祭，他們的儀態也有白鷺般的潔白。貴賓在他們的國裡無人怨惡，在我們這裡也無人厭煩，都受人歡迎。希望他們夙夜匪懈，永遠保持美好的聲譽。

　　夏、商、周，統稱三代。周得天下後，封夏的後裔於杞，商的後裔於宋。周廟的助祭特別禮遇夏王和商王之子，並稱讚他們的美德。此詩將白鷺鷥潔白的體色，比喻來助祭者為純潔、高貴的象徵。

　　2.國風〈陳〉第1首〈宛丘〉

子之湯兮，宛丘之上兮，

洵有情兮，而無望兮。

坎其擊鼓，宛丘之下。

大白鷺、中白鷺和小
白鷺都是體色潔白的
鷺鷥，差別在體型的
大小。牠們群聚在濕
地的環境覓食。飛行
時，彎著脖子，伸直
雙腳，拍翅緩慢，狀
甚優雅。

無冬無夏，值其鷺羽。
坎其擊缶，宛丘之道。
無冬無夏，值其鷺翿。

【今譯】

　陳君邀許多士女，在宛丘上歌舞，誠然心
情愉悅，但隨意取樂，不供祭品，失去其巫
祭的禮儀。

　擊鼓之聲，振響於宛丘之下。無論冬夏，
都拿著鷺羽做成的舞具，歌舞不斷。

　擊缶之聲，振響於宛丘的道路上。無論冬
夏，都拿著鷺羽做成的羽扇，歌舞不斷。

　這首詩是諷刺陳國君主以巫為戲，終日
沉迷於歌舞之中，而忽視巫祭時應有的禮
儀。從這首詩可以證明在3000年前的春秋
時代，人們已知利用鷺鷥的飛羽做羽扇，
做為跳舞的道具。

振鷺于飛

群聚在一起的鷺鷥，個體之間乃有許多互動，如爭取位置、搶奪食物，但彼此之間絕不會爭奪到你死我活的地步。

3. 魯頌第2首〈有駜〉

有駜有駜，駜彼乘黃。夙夜在公，在公明明。振振鷺，鷺于下，鼓咽咽，醉言舞，于胥樂兮！

有駜有駜，駜彼乘牡。夙夜在公，在公飲酒。振振鷺，鷺于下，鼓咽咽，醉言舞，于胥樂兮！

有駜有駜，駜彼乘駽。夙夜在公，在公載燕。自今以始，歲其有。君子有穀，詒孫子，于胥樂兮！

這隻鷺鷥正躡腳輕步地在草地裡尋找食物。兩眼全神灌注地巡視前方，如發現青蛙、蝗蟲、草蜥等可食之物，即快速伸嘴啄食。

【今譯】

多麼肥壯呀，那四匹黃色的大馬。大夫們從早到晚都在努力工作。工作之後就拿著羽扇歌舞，羽扇忽上忽下，並擊鼓助

詩經裡的鳥類　46

舞，既醉且舞，大家都很高興。

　　多麼肥壯呀，那四匹雄性的大馬。大夫
們從早到晚都在努力工作。工作之後就飲酒
歡暢，拿著羽扇歌舞，羽扇忽上忽下，並擊
鼓助舞，既醉且舞，大家都很高興。

　　多麼肥壯呀，那四匹青黑色的大馬。大夫
們從早到晚都在努力工作。工作之後就共宴
饗。祈禱今後年年慶豐收，君子有如構樹，
子孫也能得其遺蔭，大家都很高興。

　　周成王因周公對周室有功，特封周公長
子伯禽於魯，並准予用天子之禮樂。這首

振鷺于飛

鷺

大白鷺

全長96.5～110公分，全身白色，頸、腳甚長，背有三列蓑羽直達尾部，眼先（眼睛前端）藍綠色，腿灰黑色，腳、趾黑色；冬羽眼先黃色，前頸、背無蓑羽。

中白鷺

全長62～70公分，全身白色，眼先黃色。腳、趾黑色。夏羽嘴黑色，前頸下部及背具有飾羽。冬羽嘴黃色，先端黑色，無飾羽。

小白鷺

全長56～62公分，全身白色，嘴、腳黑色，趾黃綠色。夏羽眼先紅色，頭後兩根長飾羽，背、前頸下部亦有蓑羽。冬羽無飾羽。

從空中降落時，須雙翅張開，一方面如煞車般的減速，一方面維持身體的平衡，才能安全落地。

詩是魯僖公慶祝豐年，舉行宴飲之頌禱詞，以馬匹肥壯表示草料豐盛，人民也足衣足食。大夫們努力工作，社會日趨繁榮，歌舞昇平，百姓安居樂業。

鷺又名鷺鷥、絲禽、雪客（大白鷺）、春鉏、春鋤（中白鷺）、白鳥、白鷺。《本草綱目》李時珍曰：「鷺，水鳥也。林棲水食，群飛成序。潔白如雪。頸細而長，腳青善翹。高尺餘，解指短尾。喙長三寸，項有長毛十數莖，毿毿然如絲。欲取魚則弭之。」穎曰：「似鷺而頭無絲，腳黃色者，俗名白鶴子（應是小白鷺冬羽）。又有紅鶴，相類色紅。《禽經》所謂朱鷺是也（今稱朱䴉）。」

現代鳥類分類學的白鷺屬（Genus Egretta），大白鷺（Egretta alba）、中白鷺（E. intermedia）和小白鷺（E. garzetta）的體型都是高瘦，嘴直長，頸細長，腳也長；體色也都是純白或雪

白，繁殖期在頭部、背部和胸部都長有飾羽。牠們都會與其他鷺類混群聚集在樹上繁殖，並在湖泊、河流、沼澤地、稻田和濱海等濕地環境覓食魚、蝦、蛙和昆蟲等。李時珍在《本草綱目》的描述，應是這三種鳥的統稱。這三種鳥都是候鳥，夏季在東北、新疆（大白鷺）和華中（中白鷺與小白鷺）繁殖，冬季則到華南、台灣和海南越冬。

大白鷺體長95公分，遠比中白鷺（68公分）和小白鷺（61公分）高大，容易區分。中白鷺的腳趾黑色，小白鷺的腳趾鮮黃色，這是區別這二種鷺鷥的主要部位，此外中白鷺的嘴長也比小白鷺短。就台灣地區而言，大白鷺和中白鷺是冬候鳥，每年10月來，次年3月離去；小白鷺既是冬候鳥，也是夏候鳥，即每年秋季之後，在台灣繁殖的小白鷺到菲律賓越冬，在華中繁殖的小白鷺到台灣來越冬；次年春天在台灣越冬的小白鷺返回華中的繁殖地，在菲

鷺鷥的交配：上面一隻雄鳥的泄殖腔對準下面一隻雌鳥的泄殖腔，然後射精，完成交配。

鷺鷥的巢築在樹上，通常一窩產3～4枚蛋。這是一窩尚未能離巢的雛鳥，在巢中正等待親鳥帶食物回來餵養。

繁殖前的求偶期，胸前和背部長出飾羽，裸露部如眼先和腳爪也轉為紅色，顯現出適婚的性徵。

律賓越多的小白鷺又回到台灣來繁殖，所以台灣一年四季都可看到小白鷺的蹤跡。

在台灣，小白鷺與牛背鷺（*Bubulcus ibis*）、夜鷺（*Nycticorax nycticorax*）混群在樹林裡築巢繁殖，同一個營巢處，多者可達2000~3000隻，少者有200~300隻。在華中的群聚營巢繁殖則多了一種池鷺（*Ardeola bacchus*）。農民在春耕犁田翻土時，小白鷺和牛背鷺（統稱鷺鷥）常跟隨其後啄食出土的昆蟲、蟲卵和蚯蚓等，因而鷺鷥深得農民的喜愛，不但不予殘害，還會刻意加予保護。然而小白鷺也到養殖池塘啄食魚蝦，深為養殖業者所痛恨。近幾十年來，由於河川水質的污染與變質，導致水生動物驟減，迫使小白鷺不得不向養殖池塘發展，加劇人與鳥的衝突。

台灣的鷺鷥營巢處，數量很多，大多分布在北部和西半島。鷺鷥每年來台繁殖的地點有很高的忠誠度，也就是每年都會回到同一地點繁殖。過去農業時代，由於農民視鷺鷥為吉祥鳥，多加愛護，一個營巢處可連續使用

幾十年不變。現代台灣已進入工商時代，人們與農業的關係已不如從前，和鷺鷥的感情也日漸疏離，甚至於對鷺鷥的吵雜聲和糞臭感到厭煩而加以驅趕。現在鷺鷥營巢的地點，每隔3~5年就更改他處，顯現自然環境和人類社會的變動很大，鷺鷥的營巢處也不得不跟著變動。

從《詩經》裡，我們可以窺測3000年前，人們將鷺鷥潔白的身影喻為心靈純真的人，還將牠們的飛羽編織成羽扇，供舞蹈之用。20世紀初期，歐洲仕女喜將小白

多種鷺鷥混群在樹林裡營巢，群聚形成力量，彼此守望相助，互通訊息，維護公共的安全。

鷺的飾羽妝扮在帽子上，成為上流社會的流行風尚，致使小白鷺遭受一場無辜的浩劫。鷺鷥生活於平原濕地，活動於農村田野，潔白的體色，悠閒的漫步和優雅的飛翔，往往成為一幅優美的田野景觀。當然也成為歷代文人詩歌吟詠的對象。

王維的詩〈積雨輞川莊作〉：「積雨空林煙火遲，蒸藜炊黍餉東菑。漠漠水田飛白鷺，陰陰夏木囀黃鸝。山中習靜觀朝槿，松下清齋折露葵。野老與人爭席罷，海鷗何事更相疑。」前半闕所描寫的是多清靜的鄉野景觀，後半闕在表達自己的心境。

張祜的詩〈贈內人〉：「禁門宮樹月痕過，媚眼惟看宿鷺窠。斜拔玉釵燈影畔，剔開紅焰救飛蛾。」鷺鷥是夫妻合力築巢，輪流孵蛋，共同育雛，使幼鳥長大，這是多麼令人羨慕的生活。詩中描述孤女在閨閣，眼看月光隨時間的流失，無聊地拔玉釵，剔紅焰，救飛蛾，而欽羨那宿鷺的夫妻生活。

李白的詩〈白鷺鷥〉：「白鷺下秋水，孤飛如墜霜。心閑且未去，獨立沙洲傍。」敘述白鷺鷥潔白的身影在空中飛翔的動態如墜霜和在沙洲覓食的行為，以表達自己孤寂的心情。

歷代文人已經將體色潔白的鷺鷥擬為純潔、安祥與和樂的象徵。牠們到農田啄食蟲害，農民則視之為吉祥鳥。

鷺鷥的食物以小型魚類為主。牠是將啄到的食物整隻吞下，如果魚的大小大於牠的口裂，無法一口吞下，就不會啄食。

7.鸛鳴于垤

國風〈豳〉第3首〈東山〉

我徂東山，慆慆不歸，我來自東，零雨其濛。鸛鳴于垤，婦嘆于室。
洒掃穹室，我征聿至。有敦瓜苦，烝在栗薪。自我不見，于今三年。

這是東方白鸛。鸛屬
在中國境內有3種：
頭、頸和背部黑色者
是黑鸛，白色者是白
鸛；其中嘴黑色者叫
東方白鸛，嘴紅色者
稱白鸛。

【今譯】

　　我從軍出征東山，久久不能回
家。戰爭結束了，我從東方回去
時，正下著毛毛細雨。鸛鳥在小土
堆上鳴叫，妻子在家中嘆息。她在
灑掃房屋時，我忽然回到家。有甜
瓜和苦菜孤懸在板栗的薪材之上，
我不見此景象已經有三年了。

　　周朝初年，商紂之子「武庚」聯
合管叔和蔡叔叛亂，周公奉成王之
命，帶豳地青年到東方去平定叛
亂，歷經3年，終於勝利凱歸。這
一篇詩共有4章，都是敘述軍人出
征返鄉，在回家路上的忐忑心情和
思念家室的不安心緒。上列是第3
章，描寫在回家途中，看到鸛鳥在
小土堆上鳴叫，想起家裡孤獨無伴
的妻子。詩中藉著鸛鳥的孤鳴來表
達家中妻子的孤單和對她的思念。
待他回到家裡，發現妻子正在掃
地，瓜果還懸掛在壁上，一切都沒
有變，心中便寬慰多了。

東方白鸛的體型高
大，棲息於平原地
區的沼澤、湖池和
濕地的淺水中，啄
食魚、蝦、蛙等水
生動物。

詩中所提的鸛，在《本草綱目》【釋
名】：皂君，負釜、黑尻。宏景
曰：「鸛有兩種：似鵠而巢樹者爲白鸛；
黑色曲頸者爲烏鸛。」宗奭曰：「鸛身如
鶴，但頭無丹，項無烏帶，兼不善唳，止
以喙相擊而鳴，多在樓殿吻上作窠。嘗日
夕觀之，並無作池養魚之說。」李時珍
曰：「鸛似鶴而頂不丹，長頸赤喙，色灰
白，翅尾俱黑。多巢於高木。其飛也，奮
於層霄，旋遶如陣。仰天號鳴，必主有

鸛鳴于垤

東方白鸛

全長117～128公分，全身白色，嘴黑色，眼周紅色。翅上大覆羽黑褐色，停棲時，身體前半白色，後半黑色，前頸下部有蓬鬆飾羽，飛行時，飛羽黑色，內側雜有銀白色羽緣。

黑鸛

全長89～99公分，嘴、腳紅色，眼周紅色，頭至頸、背部皆為暗紫色而有光澤，頸、胸黑色，胸以下白色。

雨。其抱卵以影，或云以聲眂之。」古人認為鸛有白鸛和烏鸛（今稱黑鸛）種，甚為正確，且宗奭所描述也無誤，但李時珍所謂「仰天號鳴，必主有雨。其抱卵以影，或云以聲眂之。」便與事實不符。

中國鸛屬的鳥類有3種，除白鸛（*Ciconia ciconia*）出現於黑龍江省和新疆的西北角外，東方白鸛（*C. boyciana*）和黑鸛（*C. nigra*）都是夏季在東北、內蒙古繁殖，冬季在華中和華南越冬的候鳥，而在台灣則是偶見的迷鳥。鸛屬是大型的涉禽，棲息於開闊又荒野的湖泊、河流、沼澤等濕地環境，並將巢設在濕地附近高大

黑鸛鳴叫的姿態。

黑鸛的體型和大小與東方白鸛相類似，也棲息於沼澤、湖池和濕地等環境。

的樹上。鸛能停棲在樹上，這可與不能上樹的鶴區別。

鸛的飛行，頸和腳分別向前、後伸直，這種姿態也與飛行時頸縮成S型的鷺鷥不同。鸛在起飛時須在地上奔跑一段距離，並搧動雙翅，待獲得一定的動力後才能升空，這也與立地躍飛的鷺鷥有別。牠是食肉性，食物包括魚、蛙、甲殼類、軟體動物、蜥蜴、蛇類、鼠類和昆蟲等。

鸛鳥甚少鳴叫，常上、下嘴快速地叩打而發出「嗒嗒嗒……」聲響。這種聲響並不悅耳，甚至讓人感到聒噪。繁殖期在4~6月，雌雄合力築巢，輪流孵蛋，蛋的孵化期為31~34天，雛鳥出殼後也由父母共同撫育長大。每年9月下旬至10月初開始南遷到越冬地，次年3月再返回繁殖地。在歐洲，人們將白鸛稱為送子鳥。

8. 有鶖在梁

小雅〈都人士之什〉第5首〈白華〉
有鶖在梁，有鶴在林。維彼碩人，實勞我心。

彩鸛（或稱白頭䴉
鸛）的繁殖習性類
似鷺鷥，群聚築巢
於樹上，可彼此照
應。

【今譯】

　　彩鸛活躍在沼澤地，有魚可食；
丹頂鶴停棲在林中，無魚可食。想
起我那個負心的丈夫，遠離家鄉，
實在使我傷心。

　　這首詩有8章，在敘述負心丈夫
離鄉背井，出外工作，毫無音訊，
怨婦在家苦候，既怨恨又悲傷的心

彩鸛以樹枝為
巢材，築巢於
高樹上。

境。此為第7章，指出他的生活是如彩鸛在
沼澤地的如意，而自己像丹頂鶴在林中，
無魚可食的窘境。

《本》草綱目》時珍曰：「禿鶖，水鳥之大者也。出南方有湖泊處。其狀如鶴而大。青蒼色。張翼廣五六尺。舉頭高六七尺。長頸赤目，頭項皆無毛。其頂皮方二寸許，紅色如鶴頂。其喙深黃色而扁直，長尺餘。其嗉下亦有胡袋如鵜鶘狀。其足爪如雞，黑色。性極貪惡。能與人鬥。好啖魚蛇及鳥雛。」依李時珍之描述，即今之彩鸛。

彩鸛（*Mycteria leucocephala*）屬鸛形目鸛科鸛屬。彩鸛分布於華中、華南、西南和海南島，台灣則無。牠棲息於湖泊、河流、水塘和沼澤等岸邊的濕地和草地，非繁殖季也常出現在農耕地。行動緩慢，常安逸地在草地或沼澤地漫步，有時甚至長時間呆立在一個地方不動。牠的食物以動物性為主，包括魚、

彩鸛一窩產3～4枚
蛋，由雌雄分擔孵育
的責任。牠分布於華
中和華南地區，數量
甚為稀少，目前已不
多見。

有鶖在梁

彩鸛在沼澤濕地覓食。牠的嘴長，可伸入泥淖裏探尋食物。

彩觀

又名白頭鶬鸛。全長約100公分。通體白色，有黑色帶斑經過腹部，翼覆羽亮綠黑色，羽緣白色；最內側次級飛羽粉紅色，尾亮綠黑色，頭裸出，橙色。

彩鸛在草地裡休息，以相互擊啄來加強伴侶的關
係。

蛙、甲殼類、昆蟲等。繁殖則如鷺鷥般群
聚在樹上築巢，有時也會與鷺鷥、白鸛和
鸕鷀等混群在一起營巢繁殖。

　　在3000年前的華北地區，彩鸛可能普遍
易見，才能被描述到詩經上。不過可能因
環境的改變，目前牠的種群數量甚爲稀
少，在中國已有近半世紀未見報導。

有鶩在梁

9.維鵜在梁

國風〈曹風〉第2首〈候人〉

彼候人兮，何戈與祋。彼其之子，三百赤芾。
維鵜在梁，不濡其翼。彼其之子，不稱其服。
維鵜在梁，不濡其咮。彼其之子，不遂其媾。
薈兮蔚兮，南山朝隮。婉兮孌兮，季女斯饑。

閒來無事，用喙梳理羽毛
打發時間。鳥類羽毛經日
晒和活動而磨損，梳理羽
毛便成為每天必做的功
課，它既清除羽上的垢
物，又能取尾部油脂腺的
油塗抹於羽上，以增加光
澤和防水作用。

【今譯】

　那些賢良的君子，帶著戈與祋等
武器，充當迎送賓客的儀仗隊。那
些卑劣的小人，竟有三百人，都乘
馬車，穿赤芾，得意揚揚。

　水壩上的鵜鶘，雖在水中，但其
羽翼都不沾濕。那些氣質惡劣的小
人，穿華麗的赤芾，實不相配。

　水壩上的鵜鶘，雖在水中，但其
嘴都不沾污。那些氣質惡劣的小
人，享受豐厚的寵祿，實不相配。

　牡萵繁茂地生長著，南山的早上
出現彩虹。婉約有德的美麗少女，
反而淪為饑餓。

　曹國在當時是小國，國君曹共公
多任用小人，使小人乘軒者竟達三
百之多，而遭晉文公起兵伐之。此
詩以鵜鶘出污水而不染的現象，諷
刺曹共公任用小人，疏遠君子。斑
嘴鵜鶘體型大，經常停棲在堤岸或
水壩上，悠閒地用喙梳理羽毛，並
用喙擠壓尾部的尾脂腺，將擠出的

油脂塗抹在羽毛上，所以當其進入水池，羽翼也不會沾濕。斑嘴鵜鶘於湖泊之中用嘴捕魚吃，嘴很乾淨，不會像在灘地上覓食的鴨類，嘴常沾污泥。

《本草綱目》【釋名】：犁鶘、鴮鸅、逃河、淘鵝。陸機云：「遇水澤即以胡盛水，戽涸取魚食，故曰鴮鸅。」李時珍曰：「鵜鶘大如蒼鵝，頤下有皮袋，容二升物，展縮由之。袋中盛水以養魚。」又曰：「鵜鶘處處有之，水鳥也。似鶚而甚大，灰色，如蒼鵝。喙長尺餘，直而且廣，口中正赤。頷下胡大如數升囊。好群飛，沉水食魚，亦能竭小水取魚。」李時珍對其形態、習性和食性的描述都甚正確，唯袋中盛水以養魚，則與事實不符。

鵜鶘是一類大型的水禽。全世界有8種，中國有白鵜鶘（*Pelecanus onocrotalus*）和

斑嘴鵜鶘體型比一般家鵝還大。翅大善飛，趾蹼能游。喜結群活動。經常棲於淡水湖泊和沼澤濕地。

班嘴鵜鶘

全長150～180公分，全身灰白色具光澤，腰和尾下覆羽為粉紅色，初級飛羽黑褐色，次級飛羽灰褐色，冬羽腰和尾下覆羽無粉紅色。嘴基粗長，灰褐色，下囊帶橙黃褐色。

班嘴鵜鶘（*P. philippensis*）2種。由於《詩經》上沒有體色的描寫，無法推測是指那一種。如以其分布的廣度和數量的普遍性，古人所說的鵜鶘，推測應是班嘴鵜鶘，班嘴鵜鶘和卷羽鵜鶘是同種之下的不同亞種。

　班嘴鵜鶘屬鵜形目鵜鶘科，具群聚性，喜歡大群於大型湖泊和沼澤地帶生活。牠能如雁鴨

想睡了嗎? 好大的阿欠。

般在水面上浮游，飛翔能力也強。飛行時，頸收縮呈彎曲狀，拍翅緩慢，動作悠閒，且能從空中撲入水中捕魚。常靜立於水邊，等待魚兒游近而食之，也會在水面浮游時，張開嘴巴兜著水前進，如有魚進入囊內，就閉嘴收縮皮囊，將口中的水擠出，而將魚兒吞入腹中。有時也會群體排成一直線或半圓形，集體前進，將魚群趕到岸邊淺水處，再張口捕魚而上岸吞食。牠的食物中，除魚類外，有時也吃甲殼類、小型兩棲類和雛鳥。斑嘴鵜鶘群聚築巢於近水的樹上，有時還與鸕混雜築巢。這種習性與鷺鷥頗為類似。一窩產蛋3枚，有時4枚。雛鳥晚成性，出殼時全身裸露。李時珍說處處有之，可見其種群數量在明代還甚普遍，現代已不多見。

鵜鶘利用喉囊在水中撈魚，有時也會群體圍捕魚群。

維鵜在梁

10. 鴻飛遵渚

1. 國風〈豳〉第6首〈九罭〉
九罭之魚鱒魴，我覯之子，袞衣繡裳。
鴻飛遵渚，公歸無所，於女信處。
鴻飛遵陸，公歸不復，於女信宿。
是以有袞衣兮，無以我公歸兮，無使我心悲兮。

鴻雁在遷徙和高空飛行
時，常會排成人字形，且
邊飛邊鳴叫，鳴聲在二、
三里外都能聽到。

【今譯】

　　網孔細小的魚網，只能捕小魚，而
今鱒、魴等大魚竟落入網中。我所見
的人，衣上畫有卷龍的上公，竟然被
派到東都來。

　　能飛行千里的大雁，今循小洲渚
飛行。公歸無一定的地方，我們願意
陪伴您。

　　能飛行千里的大雁，今循著陸地飛
行。在陪伴您之處，公終究會回到朝

廷，不復再來了。

衣上畫有卷龍的上公，雖然應該在朝廷服務，但我們不希望把公召回，不要使我們心中悲傷。

周公是有才幹的人，把他派到東都這地方服務，真是大才小用，難怪小魚網竟進入大魚，讓大家都欣喜。本來在朝廷做大事的人，竟願到小地方服務，這種情形有如大雁能在高空翱翔，今竟然循著小洲渚飛行。如今能者要回到朝廷，百姓自然依依不捨。這首詩是東都之人把周公比愈為能力強大的大雁，不願其離去也。

2. 國風〈邶〉第18首〈新臺〉
新臺有泚，河水瀰瀰。燕婉之求，籧篨不鮮。
新臺有洒，河水浼浼。燕婉之求，籧篨不殄。
魚網之設，鴻則離之。燕婉之求，得此戚施。

【今譯】
新臺鮮明地築在黃河邊，盈澄的河水一大片。原本說好要嫁給俊美少年，哪知是個老態臃腫的老頭。
新臺高峻地建立在黃河邊，平淨的河水一大片。原本說好要嫁給俊美少年，哪知是個不知愛惜自己的老頭。
魚網設在池沼裡，料想不到大雁竟落入其中。原本說好要嫁給俊美少年，料想不到竟落入那醜惡而臃腫的老頭之手。

衛宣公好色，在為長子「伋」張羅結婚，娶齊僖公長女「姜」為妻。在迎親的時候，衛宣公聽說兒媳婦非常漂亮，就先

鴻飛遵渚

出城到黃河渡口迎接。一見之下，驚為天人，便在河邊的賓館新臺攔截下來，自己充當新郎娶之為妻。這位美麗的新娘，一見新郎竟是個老態龍鍾的老頭，大失所望。這首詩是衛人在諷刺宣公娶其兒媳婦為妻，甚為不倫。此詩第3章藉設網捕魚，沒想到竟捕到大雁，來表示是不該有的結果。美麗的女子，應有適當的對象，怎能落入醜惡老人之手。

3. 小雅〈彤弓之什〉第7首〈鴻雁〉

鴻雁于飛，肅肅其羽。之子于征，劬勞于野。爰及矜人，哀此鰥寡。

鴻雁于飛，集于中澤。之子于垣，百堵皆作。雖則劬勞，其究安宅。

鴻雁于飛，哀鳴嗷嗷。維此哲人，謂我劬勞。維彼愚人，謂我宣驕。

【今譯】

鴻雁在空中飛行，羽聲肅肅而疾速。公務員被派去野外擔任安撫流民的工作，十分辛苦。他憐憫我們這些窮苦的人，特別是那些鰥夫和寡婦。

鴻雁在空中飛行，慢慢降落在沼澤之中。被派出的公務員督導流民建造房屋，於是大家都蓋起房屋來。這工作雖然辛苦，但大家終於有安定的宅第可住。

鴻雁在空中飛行，鳴聲悲哀而喧擾。只有這位公務員明白流民的苦楚。那些不明事理的人，反而認為我們流民愛發牢騷，傲慢不遜。

藉由鴻雁的飛行、降落和鳴聲，表達派出外地的官員，擔任安撫流民工作的辛勞和瞭解人民的疾苦。那些在朝廷的大臣，沒有直接與人民接觸，反而認為流民為暴民、亂民。這首詩在描寫公務員到處安撫流民之辛勞。

《詩經》上所提的鴻或鴻雁，可能是鴻雁、白額雁、灰雁和豆雁的統稱。這4種鳥都屬鴨科雁屬（Genus Anser），無論體形、大小、體色或生活習性等都非常相似，且都是候鳥，在古代文人的眼裡是很容易混為一種。今就鴻雁一種介紹於下：

鴻雁（*Anser cygnoides*）體長90公分，上述4種中體型最大者。夏天在東北地區繁殖，棲息於開闊平原上之湖泊、水塘、河流和沼澤等，特別喜愛附近有豐富水生植物的地方；冬天在長江流域下游和東南沿

越冬的鴻雁，經過長途的飛行，群聚於湖池濕地休息。

鴻飛遵渚

白額雁

全長64.5～72公分，額、嘴基部有一寬的白帶，全身大致灰褐色，羽緣淡色；腹面羽色較淡，有不規則的黑色橫斑，下腹及尾下腹羽白色，亞成鳥嘴基部與前額無白色，腹無橫斑。

灰雁

全長70～88公分，前額和嘴基部有窄窄的白紋，繁殖期改為頭頂至後頸褐色；背面灰褐色具棕白羽緣；腰灰色，兩側白色；尾上覆羽白色，尾羽褐色，最外側一對白色；頭側、頰、前頸灰色，胸、腹白色，具不規則的暗褐斑紋。

豆雁

全長71～85.5公分，嘴黑色，先端內側橙色、腳橙色，頭至頸茶褐色，背部、胸至上腹茶褐色，羽緣黃白色，腰黑褐色，翅上初級覆羽黑褐色，羽緣黃白色，下腹及尾下覆羽白色，尾羽黑褐色，先端白色。

海的湖泊、水庫、海濱、河口以及其附近的草地和農田越多。群聚性強，在遷移和越冬時常齊集數十或數百隻在一起活動。善游泳，飛行能力也強。飛行時會在空中排列成一字或人字隊形，並不時發出宏亮的鳴叫，即使在數里之外也可聽到。警戒

性高，休息時常有幾隻站哨，如有情況則一聲高鳴，隨即全體起飛，其他鳥也即刻跟著飛逃。

鴻雁吃各種草本植物和水生植物的葉、芽，也到農田裡啄食麥、玉米和豆類等作物。覓食多在傍晚和夜間，清晨才返回湖泊或江河休息。繁殖期在4~6月，巢築在水邊植物茂密的地上或蘆葦叢中。每窩產蛋5~6枚，由雌鳥孵蛋，雄鳥守在巢附近看護。雛鳥經孵化28~30天出殼，隨後即由親鳥帶領覓食和照顧。秋季9月下旬至10月上旬開始分批南遷，春季則於3月下旬至4月上旬分批北返，5月抵達繁殖地。鴻雁在很早就被馴化為家鵝，也是自古以來人民狩獵的對象之一。

雁類因個體大，群聚於湖、江、河的量多，出沒明顯，且為狩獵的對象，人民對

白額雁是群聚性的鳥類，牠們成小群在湖泊、江岸和沼澤棲息。這種鳥一般於夜間遷移飛行，白天休息和覓食，補充體能。

其生活習性很早就有所觀察，如淮南鴻烈云：「雁乃兩來，仲秋鴻雁來，季秋候雁來。」周書曰：「白露之日鴻雁來，寒露之日又來。」白露和寒露之間相差約一個月，顯然是兩種不同的雁，古人不察，將形態相似的不同雁類，擬為同一種。依現代《中國動物志·鳥綱》的記載，鴻雁於10月抵越冬地，確實比豆雁、灰雁和白額雁早到30天左右。

雁類群體在高空飛行，形成雁字或雁陣，且邊飛邊鳴叫，其嘹唳的鳴聲，經過大氣的激盪，空間的共鳴，穿越雲層，轉為悠遠淒厲的聲音，傳到孤寂的旅客耳中，尤其在迷茫的曉晨，朦朧的黃昏或冷月的深夜，多能引發無限的感觸。詩人詠雁鳴的詩歌，有淒麗，也有哀怨。如梁有譽〈湖口夜泊聞雁〉：「北風夜泊蘆花渚，篷底青燈雁啼雨。水宿雲翻路幾千？更闌月落知何處，風塵澒洞誰非客，憐汝南飛霜霰隔。哀

豆雁黑色嘴的先端有橙色帶斑，此為其他雁所沒有，是辨識的標誌。

鴻雁

全長82〜90公分，嘴黑色，嘴基有白色細環，頭、後頸茶褐色，背暗褐色具淡色羽緣，頭側、頰、喉淡褐色，頸除中央棕褐色外，其餘白色，下腹至尾白色，尾羽灰黑色，外側及末端白色。

鳴卻似畏繪繳，塌翅何能傳尺帛。嶺樹重重是故鄉，故園諸弟日相望。寒宵聽汝應欹枕，兩地相思魂夢長。」此詩藉著雁的棲宿、遷飛和鳴叫，而抒發孤寂感和對親人的思念。又韋承慶〈詠雁〉：「萬里人南去，三春雁北飛。不知何歲月，得與爾同歸。」也指出雁北返的時刻。明代王恭〈春雁〉：「春風一夜到衡陽，楚水燕山萬里長；莫怪春來便歸去，江南雖好是他鄉。」。古代文人對雁的遷移、飛行、鳴叫以及傳說故事，描繪出許多不朽的詩篇，今僅摘幾首如上，供讀者觀賞品味。

由這些詩可以看出，鴻雁的意涵在《詩經》裡原本是碩大能幹，經文人的描述，已轉移爲旅人睹物聞聲思故鄉的代名詞。

鮮明粉紅色的嘴和腳，是辨識灰雁的依據。灰雁生活於沼澤濕地、湖泊、江河等環境。

鴻飛遵渚

11. 弋鳬與鴈

1. 國風〈鄭〉第8首〈女曰雞鳴〉
女曰:「雞鳴」。士曰:「昧旦」。子興夜視。明星有爛,將翱將翔,
弋鳬與鴈。

這隻綠翅鴨利用雙羽
的拍打讓水花濺落到
身上,使身心舒暢,
身體潔淨。

【今譯】
　女的說:「雞開始鳴叫了。」
　男的答:「天還沒全亮。」
　女的說:「你起來看看。」
　男的起來看後答:「東方的啓明星
已經很明亮,鳥兒也快醒來到處飛
翔,我該去射野鴨和雁的時候了。」

　這是一對青年夫婦相親相愛、生
活協調之對答詩。此詩共有3章,上
列為第1章,敘述天色將明,男子將
外出狩獵的對答語。鳬與鴈都是游
禽,群聚於河川、湖濱之中,肉質
鮮美,自古就是人民狩獵的對象。

　2. 國風〈邶〉第9首〈匏有苦
葉〉
　匏有苦葉,濟有深涉。深則
厲,淺則揭。
　有瀰濟盈,有鷕雉鳴。濟盈
不濡軌?雉鳴求其牡。
　雝雝鳴雁,旭日始旦。士如
歸妻,迨冰未泮。

野雁和野鴨的肉嫩味美，自古以來就是人們狩獵的對象。牠們在湖池或沼澤群聚的習性，更使獵人容易射殺。

招招舟子，人涉卬否。人涉卬否，卬須我友。

【今譯】

葫蘆的葉子有苦味，濟水的渡口有深有淺。渡河時，水深的地方把葫蘆繫於腰部，水淺的地方把葫蘆舉起來。

濟水瀰漫，雉雞在岸邊鳴叫。濟水漲滿，不沾濕車軸？雌雉雞正在鳴叫以吸引雄雉。

秋天群雁和諧地鳴叫，朝日緩緩上升，這正是納采行聘的吉日良辰。男士如要娶妻，最好趁著河水還未結冰之前來迎娶。

船夫招手要大家上船，大家都上船了，我不上船。我不上船，我要等待心愛的男子來迎娶。

這是一首女子祈盼男子來迎娶的情詩，藉著在河邊日常生活的一些細節，引申出來的情節，如人過河時，水深便把葫蘆繫於腰部，以策安全；水淺就把葫蘆舉起來，以這種涉水的選擇比喻擇偶之道；又

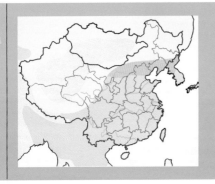

綠頭鴨

全長51.5～61.5公分，頭和頸綠色有光澤，頸基部有白色頸環，下頸、背、胸暗栗褐色，腰和尾上覆羽黑色，中央一對向上捲起，尾羽白色，翼鏡藍紫色，上下各有寬白帶，下體灰色，具波浪形細橫斑，尾下覆羽黑色，雄鳥嘴黃綠色，腳橙紅色；雌鳥嘴橙黃，上嘴雜有黑斑，腳橙黃色，全身褐色，具暗褐色橫斑，過眼線黑褐色或褐色，尾羽淡褐色，非繁殖期的雄鳥體色略同雌鳥，背上羽色較淡，嘴黃綠色。

如架車過河，水深不宜高過車軸，否則就有安全之慮；雉雞鳴叫是在求偶招引對象。其中第3章敘述群雁鳴叫，朝日上升，河水尚未結冰，趕緊把握時機，心愛的男子趕快過河來娶親的情調。

鳧，陸機《詩疏》稱野鴨、野鶩，狀似鴨而小，雜青白色，背上有文，短喙，長尾，卑腳紅掌。水鳥之謹愿者。肥而耐寒。或云食用綠頭者為上，尾尖者

尖尾鴨

全長43.5～69公分，頭暗褐色，頸側、前頸至腹白色，頭後側延伸一白線至頸甚為醒目；後頸、背、臀灰色，翼鏡銅綠色，中央尾羽特別延長，黑色；雄鳥嘴黑色，嘴周邊鉛色，腳灰黑色；雌鳥嘴黑色，全身褐色，有黑褐色斑點，尾羽較雄鳥短，但尖。

飛行中的綠頭鴨。鴨類飛行時，
拍翅快速，消耗大量的能量。

次之。海中一種冠鳧，頭上有冠；《爾雅》
曰鸍、沉鳧，鳧性好沒故也。李時珍曰：
鳧，短羽高飛貌。東南江海湖泊中皆有
之。數百為群，晨夜蔽天而飛，聲如風
雨，所至稻粱一空。

　　古籍上所說的鳧，泛指河鴨屬（Genus
Anas）和潛鴨屬（Aythya）的鳥類。河鴨
屬分布於中國有10種。上述雜青白色，背

野鴨的交配也在水中進行。
這是一對羅紋鴨的交配情形。

一隻雄性尖尾鴨在水面上挺身扇翅，
表現出一種舒暢心情的行為。

上有文，是指羅紋鴨（Anas falcata）；
綠頭者當指綠頭鴨（A. platyrhyn-
chos）；尾尖者是尖尾鴨（A. acuta）；
冠鳧是指潛鴨屬（Aythya）的鳳頭潛鴨（澤
鳧）（Aythya fuligula）。沉鳧應是泛指潛
鴨屬，此屬中國也有5種。

　　河鴨屬的鳥類雌雄異色，雄性之亞成鳥
與雌鳥的體色類似，雌雄都有翼鏡。腳
短，著生在腹部稍後的位置。牠們都是候

全長32～40公分，嘴、腳黑色。雄鳥頭至頸黑褐色，眼周圍暗綠色，延伸至後頭側。背部灰色有暗色細紋，體側白綠斑甚明顯。腹部白色，尾下覆羽黑色，兩側黃色成三角形斑，翼鏡綠色；雌鳥全身暗褐色，羽緣淡色，過眼線黑色，雄鳥的非繁殖羽似雌鳥，但翼鏡上緣白色較寬。

鳥，夏季在中國的東北或西北，或更北的凍原地區繁殖，冬季在華中和華南，以及台灣等地越冬。一般都棲息在湖泊、溪流、河口、池塘和沼澤等濕地環境。越冬時，白天多種河鴨會混群在淺水浮游，但不潛水。清晨及黃昏以後到農田和沼澤地覓食。食物以水生植物、草籽、穀物、雜草以及軟體動物、昆蟲等為主。浮游時可

全長38～43公分，頭頂至後頸黑褐色，上體灰褐色，肩羽黑褐色，甚長，有白色羽緣，臉部有黃和綠色相間的花斑，前頸至胸黃褐色密布暗褐色細紋，腹白色，尾下覆羽黑色，脅有黑色細紋，翼鏡綠色；雌鳥全身褐色，具黑褐色斑點，嘴角有一白色圓斑。

能會尾端翹起，頭頸潛入水中，啄食水面下的植物。起飛時，可由水面或地上直接躍起，飛向高空。

潛鴨屬的鳥類雌雄也不同色，雄者比較鮮明，雌者較暗淡。翅膀無翼鏡。雙腳的

位置在腹部後方，強而有力，更適合於潛水。牠們也都是候鳥，在東北或更北的凍原地區繁殖，冬季到華中和華南越冬，部分抵達台灣。一般都棲息在湖泊、溪流、河口、池塘和沼澤等濕地環境，會和河鴨以及其他潛鴨混群。善游，也能潛入水中追捕食物。食雜性。吃植物的幼芽、嫩葉、穀物、雜草籽和動物性的魚、蛙、軟

一對赤麻鴨棲息於湖池之中。
牠是屬於比較大型的野鴨，雌雄體色相似，外觀不易辨識。

體動物等。起飛時，須在水面上奔跑一段距離後才能升空。自古以來，河鴨和潛鴨都是人民狩獵的對象。

關於鴈類，鴈今字雁《本草綱目》【集解】宏景曰：「詩疏云：大曰鴻，小曰鴈。今

羅紋鴨

全長44～52公分，頭頂至後頸暗紫褐色，額有一塊白斑，眼周至後頸側具深綠色光澤，喉至前頸白色，有一黑色橫斑。背灰色，翅上三級飛羽甚長下垂，尾羽黑色，胸以下白色具黑紋，尾下覆羽黑色，兩側有乳黃色塊斑，翼鏡墨綠色。雌鳥全身褐色，羽緣較淡，頭部羽毛較灰。

鴈類亦有大小，皆同一形。又有野鵝大於鴈，似人家蒼鵝，謂之駕鵝。鴈在江湖，夏當產伏，故皆往北。因鴈門北人不食之也。雖來無時，以冬月爲好。」。時珍曰：「鴈狀似鵝，亦有蒼白二色。今人以白而小

赤麻鴨是候鳥，飛行拍翅的速度比一般小型野鴨慢，冬季到長江以南的湖池越冬。

白眼潛鴨

全長33～43公分，頭、頸、胸栗色，頸基有一不明顯的黑褐色領環，上體大都黑褐色，翼鏡白色。腹和尾下覆羽白色，雌鳥頭、頸棕褐色，後頸褐色較深。

者為鴈，大者為鴻，蒼者為野鵝，亦曰駒
鵝。《爾雅》謂之鵱鷜也。鴈有四德：寒
則自北而南，止于衡陽，熱則自南而北，
歸于鴈門，其信也；飛則也序，而前鳴後
和，其禮也；失偶不再配，其節也；夜則

左邊3隻是小白額雁，右邊1隻是白額雁，兩者的體色相似，但白額雁的體型較大，額上的白斑較小，還是可以辨別。

群宿，而一奴巡警，畫則銜蘆，以避矰
繳，其智也。」中國雁屬鳥類有7種，古籍
上所說的大雁，與現代鳥類圖鑑比對，可
能是鴻雁、白額雁、灰雁和豆雁的統稱，
而小雁蒼色者可能指小白額雁，白色者應
是雪雁。
　　小白額雁（*Anser erythropus*）體長55公
分，在雁屬中體型最小。夏天在緯度較高的

青頭潛鴨

全長42～47公分，頭、頸深黑綠色具光澤，嘴長鉛色，先端黑色，眼白色，上體黑褐色，胸暗栗色，腹白色，翼鏡和尾下覆羽白色；雌鳥頭、頸黑褐色，眼褐色，嘴基部有一淡色圓斑，胸淡棕色；雄鳥非繁殖羽似雌鳥，但羽色較淡，眼白色，嘴基部無淡色圓斑。

苔原地區繁殖，冬天在長江流域和華南的濕地越冬。通常成群在開闊的湖泊、江河、水庫、海灣、草原和半乾旱地區活動；夜晚在水中過夜，白天在草地上覓食。善游，也能潛水，飛翔能力甚強，常成一字

鳳頭潛鴨（澤鳧）

全長42.5～48.5公分，頭、頸紫黑色，頭後有飾羽，背、上胸黑色，尾上下覆羽黑色，下胸以後白色，翼鏡白色，嘴鉛色，先端黑色，腳灰黑色，眼黃色；雌鳥頭、頸、背等部份均黑褐色，飾羽較短，肋黑色，有橫紋，雄鳥非繁殖羽似雌鳥，背部羽色較淡，腹以下淡灰褐色，脅有淡色斑紋。

形或人字形，邊飛邊鳴叫。食物為植物性的嫩草、嫩葉、穀類、種子和農作物幼苗。繁殖期在6~7月，巢設在地上，一窩產蛋4~5枚，由雌鳥孵蛋，雄鳥在巢附近警戒守衛。蛋孵化期25天，雛鳥出殼不久即能跟隨在親鳥身旁活動。秋天9月開始遷移，10月到達東北，11月到長江流域和華南越冬

小天鵝又稱鵠，候鳥。秋天南遷飛行時，常會排列成人字或一字形呈現在高空，且伴隨著宏亮的鳴叫，常為人們所注意。

地。次年春天3月下旬開始北返。遷移飛行多在晚上進行，白天停下來覓食和休息。

雪雁（*Anser caerulescens*）除初級飛羽黑色外，全身純白色，極易辨識。體長70公分，比小白額雁略大。牠群聚性強，夏天在高緯度的苔原也是群聚築巢，冬天到東南沿海的休耕農田、原野越冬。夜晚在水中過

紅頭潛鴨

全長46.5～48公分，頭、頸栗紅色，上背、胸黑色；下背、肩灰色，雜以黑色波狀紋，翼鏡灰色，尾上下覆羽黑色，腹灰色；雌鳥頭、頸棕褐色，臉部有一淡色弧線，胸暗黃褐色，腹灰褐色。

夜，白天在草地上覓食。善游，飛翔能力甚強。食物也以植物性的嫩草、嫩葉、穀類、種子和農作物為主，偶而也吃小型無脊椎動物。配對的結合甚為牢固，夫妻經年在一起，但如中途失偶，則會再婚。繁殖期在6~7月，巢設在低凹處，一窩產蛋3~6枚，由雌鳥負責孵蛋，雄鳥在巢附近擔當警戒保護。蛋孵化期22~25天，雛鳥出殼不久即能跟隨在親鳥身旁活動。秋天9月開始遷移，但到達中國境內越冬的數量不多。通常次年5月底或6月初返回繁殖地。

雪雁全身潔白，翼端黑色，在中國是不常見的冬候鳥。

台灣的地理位置較偏南方，一些河鴨屬和潛鴨屬的鳥類定期到台灣越冬。但台灣不是雁類的主要越冬區，只有在強烈寒流來襲時，偶而會有少數的雁類如鴻雁、豆雁或灰雁到台灣來越冬，然多出現於東北部的蘭陽平原。

大天鵝又叫黃嘴天鵝，也是候鳥。牠的體形和體色與小天鵝相似，但個體較大，且嘴上的黃斑面積也較大。

古人對雁的行為觀察，有些是正確的，如冬來春去的遷移，飛行有序，前鳴後和，夜則群宿等；但有些是不實的，如失偶不再配，晝則銜蘆等。

12. 鴛鴦在梁

1. 小雅〈都人士之什〉第5首〈白華〉

鴛鴦在梁，戢其左翼。之子無良，二三其德。

鴛鴦繁殖期的配對
僅維持一季，繁殖
過後，育雛責任完
了則分開，來年繁
殖期時，各自又另
結新歡。

【今譯】

溪流中的鴛鴦，各自收斂左翼，以便於互相偎依。你這沒有良心的男人，竟然對我三心二意。

這是一首女子埋怨男子用情不專的詩。共有8章，上列是第7章，以鴛鴦雌雄匹配，並肩悠遊於溪流之中，猶如熱戀中的情侶，令人欽羨。但其男人則另結新歡令其痛心。

2. 小雅〈桑扈之什〉第2首〈鴛鴦〉

鴛鴦于飛，畢之羅之。君子萬年，福祿宜之。

鴛鴦在梁，戢其左翼。君子萬年，宜其遐福。

【今譯】

鴛鴦正在飛行，用網把牠羅住，獻給君子。希望君子萬年，安享福祿。

鴛鴦在溪流中，各自收斂左翼，互相偎依。希望君子萬年，安享永久的福。

這是一首頌禱天子萬福的詩，共有4章。前2章以鴛鴦在溪流中並游，雙宿雙飛的景象，來祝福君主過著安祥、幸福的日子。

這2首詩都藉著配對鴛鴦在溪流中的活動，來表達男女熱戀時的情意與祝福。鴛鴦又名黃鴨，或叫匹鳥。明代李時珍曰：「鴛鴦終日並游，有宛在水中央之意也。或曰雄鳴曰鴛，雌鳴曰鴦。」崔豹

鴛鴦雄鳥體色艷麗多采，雌鳥體色則樸實無華。

《古今注》云：「鴛鴦雄雌不相離。人獲其一，則一相思而死，故謂之匹鳥。」古人見雄鴛鴦體色華麗，雌鴛鴦體色樸實，雌雄在清波明水之中，鶼鶼並游，構成一幅美麗的圖案，將其比喻為永不相離的熱戀情侶，永浴愛河，令人欽羨。但是如因事故而雌雄相離，各奔西東，則也被喻為一種哀愁、深怨的動物。依近代的科學觀察與研究，並無崔豹所稱「喪偶不娶或殉情的行為」。

多數河鴨或野鴨都不上樹,鴛鴦是少數能上樹的河鴨之一。

在現代鳥類分類學上,鴛鴦(*Aix galericulata*)屬雁形目鴨科。牠在鴨科中體型較小,體色雌雄不同:雄鳥華麗多彩,翼上有1對栗黃色的扇狀立羽;雌鳥灰褐樸素,翼上無扇狀立羽。牠棲息於東北地區的種群是夏候鳥,生活於長江以南的種群,包括台灣等地是留鳥。鴛鴦在台灣棲息於大甲溪上游德基水庫以上至七家灣溪地段,以及高山湖泊,但數量不多。東北的鴛鴦平時群聚於闊葉樹圍繞的山澗溪流、蘆葦沼澤、湖泊、水塘等活動,喜在水中沐浴。冬天也群聚過團體的生活,只有在繁殖初期才分散為出雙入對的配偶生活。

鴛鴦的繁殖期在4~9月,雌雄配對之後,雙雙悠遊於水面上,雄鳥頻頻向雌鳥曲頸點頭,浸嘴於水中,有時豎起美麗的冠羽,伸直頸部,頭不時左右擺動,炫耀地強健而美麗的身體,然後又並肩在水面

鴛鴦雄鳥躍身騎在雌鳥背上,雄鳥的體重使雌鳥的身體下沉,牠們就這樣在河面上交配。

鴛鴦的巢設在樹洞裡，與一般河鴨將巢設在地面上不同。孵出的小鴛鴦要一隻隻從樹洞躍到地上，才跟隨親鳥進入河中活動。

上悠遊，或雌鳥在前，雄鳥尾隨其後，並不斷地翹起尾羽。交配時，雄鳥躍到雌鳥背上，用嘴銜著雌鳥的頭羽，以穩住身體，然後將交接器伸入雌鳥泄殖腔，進行交配。交配時間約2秒鐘，有時可連續交配4~5次。交配後各自昂首展翅，並水浴和梳羽，隨後上岸休息。築巢於大樹的樹洞裡，5月開始產蛋，1窩生蛋7~12枚，蛋卵圓形，白色，光滑無斑。孵蛋的工作由雌鳥完全承擔，雄鳥在雌鳥開始孵蛋時，就離開到隱蔽的河段換羽。蛋經28~29天，雛鳥出殼。剛孵出的雛鳥在巢中停留1~5天，即下樹由雌鳥帶領四處活動。食雜性。平時以植物性食物為主，如各種草籽、玉米、稻穀等；繁殖期以動物性食物為主，包括各種昆蟲、蝸牛、小魚、蝦、蛙等。每年9月底或10月初開始集小群南遷，每群7~8隻至10多隻。鴛鴦在經過越冬的混群生活後，

鴛鴦

全長38.5～45公分，雄鳥嘴橙紅色，先端白色，腳橙黃色，額、頭頂深藍綠色，枕羽銅赤色與後頸的暗紫色和暗綠色的長羽組成羽冠，眼周白色，向後延伸直達羽冠成中間部分，頰橙黃色，下頸、背、胸暗紫褐色，三級飛羽橙黃色，向上直立似帆，十分醒目，翼鏡藍綠色，先端白色，腹以下白色，胸側有兩條白細斜線，脅土黃色；雌鳥嘴黑色，基部有白環，腳橙黃色，頭、背暗褐色，有淡褐色斑點，雄鳥非繁殖羽似雌鳥，嘴淡橙紅色。

翌年再返回繁殖地時，重新配對，且大多另結新歡，未見有終身爲伴的事實。

　　鴛鴦因雌雄體色不同，配對後的生活，常雌雄並肩於溪流中悠遊，象徵著夫妻如膠似漆的恩愛，令人羨慕。自古以來，牠就是人們喜歡圈養的物種之一。牠經由《詩經》傳頌、歷代文人墨客的描述以及畫家的繪圖，已經成爲家喻戶曉且表達愛情、幸福的鳥類，常被文人比喻永浴愛河，或深閨怨婦的常用題材。同時亦爲人們結婚時枕衾、衣鞋等的祝福刺繡圖案。古人對鴛鴦的體色、配對行爲的觀察甚爲細膩，因而吟詠出許多不朽的愛情詩篇，如果他們體察到雄鳥是不負責任的傢伙，交配後便說再見的負心漢，所寫的詩篇恐怕就不會那樣美豔動人。今舉數例詩篇於下：

　　蕭綱〈鴛鴦賦〉：「朝飛綠岸，夕歸丹嶼；顧落日而俱吟，追清風而雙舉。時排荇帶，乍拂菱花；始臨涯而作影，遂蹙水而生花。亦有佳麗自如神，宜羞宜笑復宜嚬；既是金閨新人寵，復是蘭房得意人。見茲禽之棲宿，想君意之相親。」作者藉鴛鴦於河中共遊、鳴叫和戲水的情景，表達

新人閨房之樂，令人羨慕。

吳融〈鴛鴦〉：「翠翹紅頸覆金衣，灘上雙雙去又歸。長短生死無兩處，可憐黃鵠愛分飛。」藉著鴛鴦雙宿雙飛的情景，表示無論時間的長短，生死都要在一起。愛情偉大矣！

李商隱〈鴛鴦〉：「雌去雄飛萬里天，雲羅滿眼淚潸然。不須長結風波願，鎖向金籠始兩全。」作者嘆人們對鴛鴦的獵捕，常使雌雄分離，不如被關在樊籠，還能長相廝守。

古詩云：「客從遠方來，遺我一端綺；文彩雙鴛鴦，裁為合歡被。」將刺繡鴛鴦圖作為祝福的禮品，贈送至親好友，已經成為民俗的一種文化。

古代文人撰寫有關鴛鴦的詩詞歌賦，多得不勝枚舉。牠已融入中國文化之中，成為配對成雙，生活幸福美滿的象徵。唐盧照鄰曰：「得成比目何辭死，只羨鴛鴦不羨仙。」表示夫妻生活如能美滿似鴛鴦，更勝於作神仙。然而鴛鴦每年繁殖時都更換新配偶，另結新歡，也是我們所羨慕的嗎？我們若再深入探索，鴛鴦一物或一詞代表兩層意思：一、鴛鴦音似陰陽，代表雌雄成對，男女愛情；二、鴛鴦體色雌雄互異，表示不同的色彩也可匹配成雙。現今社會盛行的同性戀，就不能稱是鴛鴦配了。

鴛鴦的雛鳥同一般鴨類一樣，屬早成性，即孵化破殼後，待羽毛乾燥就能起立行走，隨親鳥到處活動。

鴛鴦在梁

13.鳧鷖在涇

大雅〈生民之什〉第4首〈鳧鷖〉

鳧鷖在涇，公尸來燕來寧。爾酒既清，爾殽既馨。公尸燕飲，福祿來成。
鳧鷖在沙，公尸來燕來宜。爾酒既多，爾殽既嘉。公尸燕飲，福祿來為。
鳧鷖在渚，公尸來燕來處。爾酒既湑，爾殽伊脯。公尸燕飲，福祿來下。
鳧鷖在潀，公尸來燕來宗。既燕于宗，福祿攸降。公尸燕飲，福祿來崇。
鳧鷖在亹，公尸來止熏熏。旨酒欣欣，燔炙芬芬。公尸燕飲，無有後艱。

黑尾鷗因尾羽末端有一
寬黑色橫斑而得名。牠
生活於海島的岩礁石壁
上。這是牠在海上飛行
的姿態。

【今譯】

野鴨和鷗類都在涇水之中，自由
自在，公尸安然來赴宴。你的酒既
清純，菜餚也馨香。公尸接受你的
宴飲，你的福祿也就有了。

野鴨和鷗類都在灘地上，自由自
在，公尸安然來赴宴。你的酒既很
多，菜餚也美味。公尸接受你的宴
飲，你的福祿也就有助了。

野鴨和鷗類都在洲渚之上，自由
自在，公尸赴宴來一會兒。你的酒
既清淨，菜餚裡也有肉乾。公尸接
受你的宴飲，你的福祿就會降下
來。

野鴨和鷗類都在水匯集之處，自
由自在，公尸來宗廟裡赴宴。你的
宴席既在宗廟之中，福祿便降下。
公尸接受你的宴飲，你的福祿也就
高大了。

野鴨和鷗類都在水峽之中，自由
自在，公尸和悅地來休息一會兒。
喝了酒，真是欣喜。燒的和烤的
肉，味道芬香。公尸接受你的宴
飲，你的未來就不會艱苦。

海鷗在灘地上帶2隻雛鳥，牠要照顧約5個星期，雛鳥才能離開牠過獨立的生活。

鴨類和鷗類都是水鳥，牠們在岸邊、水面和水域上空活動，自由自在，也表示在高位者不受規範的束縛。公尸既然欣然來赴宴，明顯地給主人很大的面子。自此以後，主人就有多方面的福祿。這是祭畢，次日又設禮以宴請公尸也。

鳧在前篇「戈鳧與雁」已經介紹，此處不再贅述。

注云：「鷖鳧屬，蒼黑色。鳧好沒，

海鷗體色潔白，在湖池上空翱翔，姿態優美，偶而飄落水面浮游，隨波盪漾，狀甚閒適。

鳧鷖在涇

鷖好浮，故鷖一名漚。
今字從鳥，後人加之
也。」張華注云：「鷗
如倉庚而小，群鳴喈
喈，隨潮往來，迎浪蔽
日，謂之信鷗。」此處
寫如倉庚而小，可能是
燕鷗類。《本草綱
目》：「鷗者浮水上，
輕漾如漚也；鷖者鳴聲

也；鴉者形似也。在海者名海鷗，在江者
名江鷗，江夏人訛為江鵝也。海中一種，

燕鷗的體型比海鷗纖細瘦小，翅膀和尾羽也比海鷗狹長，飛翔能力也比海鷗強。燕鷗大多生活於島嶼、海岸和沼澤。在中國境內大多是遷移性的候鳥。右圖自上而下分別是黑枕燕鷗、白翅浮鷗和普通燕鷗。

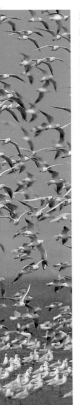

紅嘴鷗的越冬群。紅嘴鷗是候鳥，夏天在中國東北和新疆地區繁殖，冬天到華中、華南和西南越冬。台灣也有其越冬群，多見於嘉義沿海。

隨潮往來，謂之信鳧。」此處所描述擬是海鷗科的鳥類。

中國海鷗科（Family Laridae）鳥類有4屬19種，燕鷗科（Family Sternidae）鳥類有6屬19種，其中在內陸江、湖常見的海鷗有黑尾鷗、海鷗、銀鷗、紅嘴鷗、黑嘴鷗；燕鷗有浮鷗屬（Genus Chlidonias）的鬚浮鷗、白翅浮鷗和燕鷗屬（Genus Sterna）的

鷗

銀鷗（黑脊鷗）

全長59.8～69公分，嘴黃色，下嘴先端有紅斑，背部和兩翅深灰色，翼端黑色；夏羽，頭、頸深灰色，眼周黃色，肩羽有寬闊白色羽端，第一枚初級飛羽內翻灰白色，內側初級飛羽轉為深灰色，最內側數枚成深灰色，下體白色；冬羽大致似夏羽，後頸、頰、頸側有褐色細斑。

白額燕鷗（小燕鷗）

全長21～28公分，嘴黃色，先端黑色，腳橙黃色，前額白色，頭頂至後頸黑色，背、肩及兩翼表面為灰色，最外側兩枚初級飛羽黑灰色，羽幹白色，內翻具寬闊白緣，其餘初級飛羽灰色，具白色內緣，尾羽分叉，頭至頸、胸以下白色；冬羽大至似夏羽，但嘴黑色，腳黑褐色，頭部的黑色範圍僅頭頂至後頸。

白額燕鷗群體降落在灘地上休息。

普通燕鷗、白額燕鷗、紅嘴巨鷗等。海鷗科鳥類體型肥胖，嘴粗，上嘴尖端有彎鉤，翼羽寬，尾羽呈方形，一般為冬候鳥；燕鷗科體型纖細，嘴細直而尖，翼羽狹長，尾羽呈叉狀，大都是夏候鳥。海鷗科和燕鷗科的鳥類大多在海島繁殖。就臺灣的地理位置而言，海鷗科都是冬候鳥，燕鷗科都是夏候鳥或過境鳥。

海鷗科的鳥類，今以銀鷗（黑脊鷗）（*Larus argentatus*）為代表，介紹於下：

牠的體型大如家鴨，背部和兩翅深灰色；翅端黑色；其餘白色。嘴黃色；腳粉紅色。夏季在內蒙古或更北的地區繁殖，冬天在渤海灣和長江以南（包括台灣）越冬。棲息於沿海的島嶼、岩礁、海灣和內陸的湖泊、江河。喜群體在水面上空飛翔，或停在水面隨波浪起伏及攝食，也常追隨船隻啄食船上拋至海面的殘食，或魚船網捕的魚類。飛行時常鳴叫，聲如悽切的貓叫「niac-niao」，或「ku-i，ku-i」、「kuao-kuao」。食雜性。食物以動物為主，包括腐屍。

浮鷗科的鳥類，今以鬚浮鷗（黑腹燕鷗）（*Chlidonias hybrida*）和白額燕鷗（小燕鷗）（*Sterna albifrons*）為代表，分別介紹於下：

鬚浮鷗的體型比黃鸝略小而纖瘦，身體黑色，但喉和頸側白色；翅和尾羽灰色；嘴和腳暗紅色，但嘴尖黑色。夏季在華北、東北和內蒙古的靜水湖泊繁殖，群聚築巢於水面上，巢間距平均約4公尺，冬季到熱帶地區越冬。鬚浮鷗常群體在水面上空遨翔，如見到水面有魚兒，立即撲入水

鬚浮鷗（黑腹燕鷗）

全長28.5～29公分，頭上至後頸均黑色，嘴暗紅色，腳紅色，背、肩、腰均灰色，尾羽灰白色，最外側尾羽長，初級飛羽灰褐色，胸暗灰色，腹部灰黑色，尾下覆羽白色，下嘴基部經頰至頸側、喉白色；冬羽嘴、腳灰色，頭至頸、胸以下皆白色，頭頂有黑色縱斑，後頭灰色和眼後黑斑相連，背部淺灰色。

中用嘴夾住小魚，然後再躍升空中將魚吞食。很少停息在水面上浮游。食物以動物的魚、蝦、昆蟲為主，偶而也啄食水草和草籽。

白額燕鷗的體型與大小和鬚浮鷗相似，額頭白色，除頭頂黑色外，身體灰白；嘴和腳黃色，嘴尖黑色。棲息於海島和內陸河流、湖泊和沼澤等水域環境。夏季在中國的東北、華北、華中、華南及西南繁殖。築巢在灘地上。常集結小群在水面上空盤旋，覓食行為與鬚浮鷗同，以小魚為

鬚浮鷗習慣群體築巢在水面上，巢間隔約在5公尺左右，巢會因風吹而移動，但無論巢如何移動或改變位置，築巢的親鳥都能認出自己建造的巢。

鬚浮鷗的巢和蛋。

剛孵出殼的鬚浮鷗雛鳥，
受干擾時會躍入水中逃命。

主食。冬季到熱
帶，甚至南半球地
區越冬。

　鷗類也常為古代
文人寄情的對象，
但對於鷗類的形象
和色澤都不細辨，
只要是在水面上空
翱翔或停息在水面
隨波盪漾者都統稱
為鷗。高啓〈鷗捕

紅嘴巨鷗（裡海燕鷗）是體型較大的燕鷗，群聚於海邊沼澤地，冬季到華南和台灣越冬。

粉紅燕鷗在繁殖期間，捕獲的小魚會獻給正在巢中孵蛋的配偶，讓配偶能專心於孵育的工作。

粉紅燕鷗生蛋於周圍雜草叢生的石頭下，石頭可為其遮風蔽雨和防曬。

魚〉：「秋江水冷無人渡，群鷗忍饑愁日暮。白頭來往似漁翁，心思捕魚江水中。眼明見魚深水出，復恐魚驚隱蘆葦。須臾銜得上平沙，鱗鬣半吞猶見尾。江魚食盡身不肥，平生求飽苦多飢。卻猜人少忘機者，海上相逢不飛下。」此詩描述鷗的捕

粉紅燕鷗的雛鳥在巢邊等待親鳥帶食物來餵養。

魚情形，但從江魚食盡身不肥，可以推測此詩描述的是浮鷗或燕鷗。崔道融詩：「白鷗波上棲，見人懶飛起，為有求魚心，不是戀江水。」此詩所寫的則是海鷗。

14.鶉之奔奔

1. 國風〈鄘〉第5首〈鶉之奔奔〉

鶉之奔奔，鵲之疆疆。人之無良，我以爲兄。

鵲之疆疆，鶉之奔奔。人之無良，我以爲君。

斑翅山鶉棲息於草原、丘陵地的雜草、疏林和乾旱的農田，肉質鮮美，自古即是農民獵捕的對象。

【今譯】

斑翅山鶉和喜鵲都是禽類，尚能匹配有常，不相淫亂。那個敗壞倫常，毫無品德的人，竟然是我的兄長。

喜鵲和斑翅山鶉都是禽類，尚能匹配有常，不相淫亂。那個敗壞倫常，毫無品德的人，竟然是我的君王。

鳥類如斑翅山鶉和喜鵲的婚配都是一夫一妻制，都有一定的規範。人類的婚配豈可亂無章法，任意亂配。衛國公子「頑」是惠公之兄，竟然與惠公的生母「宣姜」淫亂。衛宣公是太子「伋」的父親，竟然娶太子「伋」的妻子，一家上下，胡亂淫穢，連鳥類還不如。這是衛國人諷刺兄長和君主敗壞倫常，毫無品德之詩。

2. 國風〈魏〉第6首〈伐檀〉

坎坎伐輪兮，置之河之漘兮，河水清且淪猗。「不稼不穡，胡取禾三百囷兮？不

斑翅山鶉的警戒性很
高，在山野漫步覓食
時，常會抬頭觀察四周
的動靜，以為因應。

狩不獵，胡瞻爾庭有縣鶉兮？」
彼君子兮，不素飧兮。

【今譯】

　　很辛苦的伐木，以便製造車輪，而今則
放置於河岸不用。河水清澈且波紋井然，
那些無能而居高位享厚祿的人，既不耕
種，也不收割，為什麼取三百圓倉的穀物
呢？既不狩獵，為什麼家裡掛著斑翅山
鶉？真正有品格的君子，決不無功而享受
別人的飲食。

　　這首詩共3章，主要在敘述辛勤工作的
人不受重視，而那些終日無所事事的人
則享有豐厚的食物。上述為詩的第3章，

鶉之奔奔

一隻斑翅山鶉似乎感覺到周遭的危機，戒心甚高地在乾燥的丘陵地慢行，隨時都有逃逸的準備。

說明無能者家裡還掛著獵物。斑翅山鶉自古就是人民狩獵的禽類之一。

《本草綱目》李時珍曰：「鶉性醇，竄伏淺草。無常居而有常匹。隨地而安。其行遇小草即旋避之，也可謂醇矣。其子曰鳾。」又曰：「鶉大如雞雛。頭細而無尾，毛有斑點，甚肥。雄者足高，雌者足卑，其性畏寒。

其在田野，夜則群飛，晝則草伏。人能以聲呼取之，畜令鬬搏。」過去學者對此詩「鶉」的疏註都指鵪鶉。事實上，我們很難推測3000多年前，《詩經》裡寫的「鶉」是指那種鳥類。現今只能依據其分布地區和生活習性而加以推測。據鄭作新的考證，《本草綱目》裡的鶉，即是現稱的斑翅山鶉（Perdix dauuricae）。

斑翅山鶉屬於雞形目雉科鶉族山鶉屬（Genus Perdix），牠的地理分布在中國見於華北、東北、內蒙古和新疆，通常生活於森林草原、灌叢草地、低山丘陵、乾燥農田和荒野地等各種環境，常成家族式的小群活動，秋季以後常聚集成較大的群體，待次年繁殖期來臨前，逐漸分散成配對的夫妻生活。食雜性。食物以植物的嫩芽、新葉、漿果、草籽和各種穀類為主，偶而也吃昆蟲和小型無脊椎動物。婚配為一夫一妻制，繁殖期在5~7月，設巢於有草叢掩蔽的地上，每窩產蛋14~17枚，由雌鳥孵蛋，雄鳥在附近警衛。蛋孵化期約24天，雛鳥早成性，出殼後就能隨親鳥四處行走和覓食。牠是留鳥，不因氣候的變更而遷移。自古是狩獵鳥類，為人民喜愛獵取的物種之一。台灣無此鳥的記錄。

鵪鶉的個體比斑翅山鶉小，生活於平原和丘陵地的雜草叢中。遇險則伏身於地面不動，如掠奪者再趨近，會突然躍起飛行幾十公尺而沒入草叢中。

斑翅山鶉

全長25～31公分，雄鳥體背以灰褐色及
棕褐色為主，雜以栗色橫斑及不規則細
紋，頭頂、枕和後頸淺褐色，具白色羽
幹紋，額、眉紋、頰為棕黃色，耳羽栗
色，眼下有一白斑，喉側羽淡棕色具黑
羽幹紋，各羽呈鱗狀，下體淡棕色，下
胸部具有黑色馬蹄形塊斑，胸脅羽具栗
色橫斑；雌鳥羽色似雄鳥，胸無黑色塊
斑，身上雜紋較多。

此詩所寫的「鶉」，許多前輩都註為鵪
鶉。關於鵪鶉，《本草綱目》的另一則
「鷃」，釋名有鶬、鴽、鶝、鳸，也有所
註解。李時珍曰：「鷃不木處，可謂安
甯自如也。莊子所謂騰躍不過數仞，下
翔蓬蒿之閒者也。張華註《禽經》謂之
籬鷃，即此。鶬則鷃音之轉也。」又
曰：「鷃，候鳥也。常晨鳴如雞，趨民
收麥。立春雨水，鷃鶬鳴，是也。鶬與
鷃，兩物也。形狀相似，俱黑色，但無
斑者為鶬也。今人總以鵪鶉名之。」據
鄭作新的考證，《本草綱目》裡的鷃，
即是現稱的鵪鶉（Coturnix coturnix）。

鵪鶉屬雞形目雉科鶉族鵪鶉屬（Genus
Coturnix），牠與斑翅山鶉同科不同屬。
鵪鶉在新疆北部、東北和河北北部是夏
候鳥，冬季在藏南、華中、華南和西南
越冬。遷移季節在春季北返，秋季南
移。牠棲息於農田、開闊平原之草地和
半荒漠地區。主要在地上活動，善於在

斑翅山鶉的生產力
很高，一窩可生14
～20枚蛋不等，但
因設巢於地面上，
容易被掠奪者侵
害，死亡率也高。

草叢間潛行，亦能在地上快速奔跑。遇危急時，能從隱密叢藪中突然躍起，但飛不多遠，又落入草叢隱沒。食雜性。食物與斑翅山鶉類似。春季返回繁殖地後，性成熟的雄鳥就開始鳴叫，以打動雌鳥的芳心。婚配是一妻多夫，沒有固定的配偶關係。繁殖期在5~7月，巢也設於有草叢掩蔽的地上，每窩產蛋9~15枚。蛋孵化期約15天，雛鳥早成性，出殼後就能隨親鳥四處行走和覓食。台灣曾有少數幾次發現的記錄，應屬偶見種。

15. 雞既鳴矣

1. 國風〈王〉第2首〈君子于役〉

君子于役，不知其期。曷至哉？雞棲于塒，日之夕矣，牛羊下來。君子于
役，如之何勿思？

君子于役，不日不月，曷其有佸？雞棲于桀，日之夕矣，牛羊下括。君子
于役，苟無飢渴。

原雞全長42～71公分，棲
息於低海拔近山處至海拔
2000公尺的常綠闊葉林、
針闊混交林及竹林內的灌
叢內。屬雜食性，以植物
性食物為主。分布於雲
南、廣西、廣東等省南部
及海南島（留鳥）。常於森
林陰暗底層活動，不易見
其華麗羽衣。

【今譯】

　　丈夫出差在外，不知確定的歸
期。何時才能回家？放養的雞都回
到圍籬內，太陽西下，牛羊都下山
回家。唯獨出差的丈夫未歸，叫我
如何不想他？

　　丈夫出差在外，沒有確定的日期
和月份，何時才能回來？放養的雞
都回到圍籬內歇息，太陽西下，牛
羊都下山回家。唯獨出差的丈夫未
歸，但願他在外不受飢渴。

　　太陽下山了，放養的雞和牛羊都
回到籠舍裡，丈夫為什麼還不回
家。這是婦人懷念丈夫出差而不知
其歸期的詩。

　　2. 國風〈鄭〉第16首〈風雨〉

風雨淒淒，雞鳴喈喈。既
見君子，云胡不夷？！

風雨瀟瀟，雞鳴膠膠。既
見君子，云胡不瘳？！

風雨如晦，雞鳴不已。既
見君子，云胡不喜？！

　　正當風雨淒淒，雞鳴喈喈的時候，忽然看到丈夫回來，叫我如何不喜悅？！

　　正當風雨瀟瀟，雞鳴膠膠的時候，忽然看到丈夫回來，叫我如何不開心？！

　　正當風雨交加，天色昏暗，雞鳴不已的時候，忽然看到丈夫回來，叫我如何不歡喜?!

　　天氣不好，風雨交加，連雞都焦躁不安，鳴叫不已，更何況孤獨的人。此時忽見思念的丈夫回家，怎不叫人欣喜若狂。

原雞雄鳥。目前飼養雞的種類很多，都是經由雜交選種而來，這些雜交種的原始祖先是原雞。

3. 國風〈齊風〉第1首〈雞鳴〉
雞既鳴矣，朝既盈矣。匪雞則鳴，蒼蠅之聲。
東方明矣，朝既昌矣。
匪東方則明，月出之光。

雞既鳴矣

蟲飛薨薨，甘與子同夢。會且歸
兮，無庶予子憎。

【今譯】

　　儐妃說：「公雞已經鳴叫，晨曦亮了。」

　　君王說：「不是公雞鳴叫，是蒼蠅的聲
音。」

　　儐妃說：「東方已經明亮，太陽出來
了。」

　　君王說：「不是東方的亮光，而是月亮
出來的光。」

　　儐妃說：「若是昆蟲飛翔的轟轟聲，我
很樂意與君同枕共眠。但請快起來回家
去，不要讓我憎惡你。」

　　這是一首情詩，描述賢妃與君王幽會，
促其早起早歸，過程細膩而有趣。野雞在
3000多年前的春秋時代已經被馴化為家
雞，所以此詩寫的雞應是家雞。古時皇室
的家園可能不是很大，民間養雞的晨啼都
能聽到。

原雞雌鳥的體型比
雄鳥小，體色也沒
有雄鳥華麗。

　　中國雞形目雉科鳥類有62種，外形似
家養的雞也不少。《詩經》所說的
雞，因無形態的描述，無法確定是那一種
雞。但如果是馴化而被圈養的雞，就只有
原雞1種。世界上所有的家雞，都是由原雞
馴化而來。牠經過幾千年的圈養、馴化和
經由雜交的品種改良，已經產生出許多品
種的家雞。《本草綱目》曰：「雞類甚
多，五方所產。大小形色，往往亦異。」
顯然李時珍已注意到家雞品種的多樣性。
本文就以原雞作為介紹。

　　原雞（*Gallus gallus*）屬雞形目雞科，生

活於低山的闊葉樹林、稀疏樹林或灌木林內，也會到村落附近的耕地覓食。除繁殖期外，通常都是一隻雄雞帶領雌雞和小雞的集結小群生活，其性極羞怯怕人，但聽、視覺都靈敏，每遇異響或危險時，便鼓翼急速躍起，並在疾飛一段距離後降落，隨即竄入濃密的草叢裡或樹林內。

原雞是雜食性，但以啄食植物的果實、種子、嫩芽及花瓣為主，有時也吃螞蟻、蚯蚓、幼蛾和小沙石。多於晨昏出來活動，中午歇息，晚上躍到樹枝上過夜。牠的啼叫「喔喔喔……喔」，與家雞聲似，通常在天將明時啼叫。繁殖前期啼叫較為頻繁，雄雞會在山坡地或空曠的草地伸長脖子啼叫。受驚時，雌雄都會發出「喔喔」。雌雞在孵蛋期不鳴叫。

2月開始有求偶的行為，雄雞為爭取配偶而做激烈的搏鬥，並在雌雞面前豎立頸背部華麗的羽毛，以討雌雞的青睞。巢多設在樹根旁，在地面上稍挖凹陷即成。1窩產蛋4~8枚，多可達11~12枚，由雌雞孵化21天出雛。雛鳥出殼即能行走，由親鳥庇護，帶領四處覓食。

目前原雞僅分布雲南、廣西、廣東和海南島等地的山區，因棲息地的縮小和無節制的獵取，種群數量已遠不如從前，現在已被列為中國國家II級重點保護動物。台灣不產原雞，目前所見都是雜交種。

原雞雌鳥在腐殖層啄食樹上掉下的果實、種子、嫩芽、蚯蚓、幼蛾、螞蟻等。

16. 雉之朝雊

1. 小雅〈小旻之什〉第3首〈小弁〉

鹿斯之奔，維足伎伎。雉之朝雊，尚求其雌。譬彼壞木，疾用無枝。心之憂矣，寧莫之知！

這一腳跨出去要非常小心，如有危機降臨，馬上要奔跑或躍飛逃離。雉雞的野地生活，處處充滿危機，時時要保持高度的警戒，才能生存。

【今譯】

鹿兒奔跑，四足安適。雉雞清晨鳴叫，在尋求配偶。我好比一棵枯萎的樹，生病而沒有長出枝葉。我內心的憂傷，沒人知道。

這也是一篇有8章的長詩，描寫生於亂世，社會不靖，憂心忡忡的情緒。上列為第5章敘述鹿兒奔跑，雉雞鳴叫，這是多麼自在的生活，作者的生活與心境像是枯萎的樹。

2. 國風〈邶〉第8首〈雄雉〉

雄雉于飛，泄泄其羽。我之懷矣，自詒伊阻！

雄雉于飛，下上其音。展矣君子，實勞我心！

瞻彼日月，悠悠我思。道之云遠，曷云能來！

百爾君子，不知德行；不忮不求，何用不臧？

【今譯】

雄性的雉雞，舒展雙翅扇動，多麼的逍遙自在。我所懷念的夫君，你奔波在

牠在棲地裡建立領域，並漫步其中，看看周邊發生什麼事，為了維持領域不被侵犯，牠要時時提高警戒。

外，完全是自找苦痛。

雄性的雉雞，舒展雙翅飛行，且邊飛邊鳴叫。誠實的夫君，你奔波在外，實在使我很掛念。

看那日月如梭的飛逝，我的心有無窮盡的憂愁。道路那麼遙遠，我如何能輕易地回來。

大多數的男人，不知安分守紀，在家平安過日子，反而拋家離鄉，奔波在外，追求功名富貴；若能安貧知足，不妒忌，不求人，又有何不可？

雉雞雙翅短圓，飛翔能力不強，通常活動時都在地上行走，只有在遇到驚嚇時，才會躍起振翅飛行一小段距離，然後又落地沒入草叢中。前一章責怪夫君在外奔波，自找痛苦，後一章又充分表達思念與擔心，顯現出婦人內心的矛盾。觀看雄雉的活動，自在逍遙，多麼令人羨慕，反觀婦人的心情，因思念夫君而開朗不起來。

3. 國風〈邶〉第9首〈匏有苦葉〉
有瀰濟盈，有鷺雉鳴。濟盈不濡軌？雉鳴求其牡。

【今譯】
濟水瀰漫，雉雞在岸邊鳴叫。濟水漲滿，不沾濕車軸？雌雉雞正在鳴叫以吸引雄雉。

雉之朝雊

這首詩的評釋，在「弋鳬與鴈」一篇中已經寫過，此處不再贅述。

4. 國風〈王〉第6首〈兔爰〉

有兔爰爰，雉離于羅。我生之初，尚無為；我生之後，逢此百罹！尚寐無吪。

有兔爰爰，雉離于罦。我生之初，尚無造；我生之後，逢此百憂！尚寐無覺。

有兔爰爰，雉離于罿。我生之初，尚無庸；我生之後，逢此百凶！尚寐無聰。

【今譯】

　　有一隻兔子在路上緩緩地走，有一隻雉雞陷入羅網。我出生的時候，世局還沒有大的禍亂。待我長大，世局已變亂，人民遭受到無窮無盡的磨難，活不下去了！真希望一覺睡去，長眠不起，永離苦難。

　　有一隻兔子在路上緩緩地走，有一隻雉雞陷入羅網。我出生的時候，世局還沒有人為的災禍。待我長大，世局已變亂，人民遭受到無窮無盡的憂患，活不下去了！真希望一覺睡去，長眠不起，永離苦難。

　　有一隻兔子在路上緩緩地走，有一隻雉雞陷入羅網。我出生的時候，世局還沒有戰亂之事。待我長大，世局已變亂，人民遭受到無窮

正在草地上覓食的雌性雉雞。雉雞的婚配是一夫多妻，雄鳥交配後即離去，再去尋覓第二春，孵育下一代的責任，完全由雌鳥擔當。

雉雞（環頸雉）

全長50～86公分，雄鳥，上體以褐色為主，帶金屬光澤，頭頂略帶褐色，頸部為暗綠色，後頭有羽冠，頸側至後頸有白色頸環，下背呈色藍灰，尾長，中央尾羽黃灰色，外側尾羽棕色，均具多數黑色橫帶，翅羽褐色具雜斑，胸赤銅色具黑鱗紋，腹黑褐色，尾下覆羽栗色，脅淡黃具黑斑。雌鳥羽色以褐色為主，雜以黑斑。

環頸雉在春天繁殖初期，為了吸引異性的青睞，達到配對的目的，除了此時雄者的羽色特別光鮮亮麗，顯示身體強健外，還會有各種炫耀的行為。圖中這隻環頸雉躍起身體，興奮地快速拍翅，就是在引起異性的注意。

無盡的凶險，活不下去了！真希望一覺睡去，長眠不起，什麼都聽不見才好。

詩中兔子比喻為小人、壞人；雉雞比喻為好人、君子。壞人如兔子般安逸自在地生活；好人則像雉雞被羅網捕捉，失去自由。這首詩表明東周人民原在社會安定的平靜歲月中過日子，後來世局變亂，人民痛苦萬分。這是亂世之民，自傷生命毫無保障，苦痛百端，而消極無聊，不樂其生之詩。

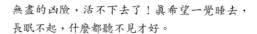

5. 小雅〈祈父之什〉第5首〈斯干〉
如跂斯翼，如矢斯棘，如鳥斯革，如翬斯飛，君子攸躋。

【今譯】
宮室的建造，像人挺身立正那樣嚴肅，房隅的聳峭如射出的箭那樣迅直，棟宇的峻起像鳥展翅，像雉雞的躍飛。這美侖美奐的宮室，正是君子想要升入之堂。

「斯干」是一篇為新屋落成而頌禱祈福的長詩，共9章。首先描寫新屋的大環境，遠有山，近有水，新屋附近更有綠竹叢生，松樹繁茂，幽美極了；其次描述新屋的建造和外觀的莊嚴美麗；而後再描述室內的寬敞舒適和希望生兒育女。上列為第4章，藉著鳥展翅和雉雞飛躍的動態美雕塑，來讚美新建宮殿的莊嚴與美侖美奐。

明朝李時珍曰：「雉類甚多，亦各以形色為辨。《禽經》云：「雉，介鳥也。素質五采備曰翬雉；青質五采備曰鷩雉；朱黃曰鷩雉；白曰鶾雉；玄曰海雉。」《爾雅》云：「鷩雉青質五采；鳴雉黃色自呼；鸐雉，山雉也；尾長；鷮雉，長尾，走且鳴秩秩。」依據現代鳥類學者鄭作新的分析，鷩雉是雉雞的雄鳥；鳴

雉是雉雞的雌鳥；鷩雉是紅腹錦雞；鶅雉是
白鷳；鵗雉和鷷雉是長尾雉；海雉不知是指
何種鳥。

《詩經》裡所寫的雉，並沒有說是那一種
雉。中國雉科鳥類有62種，但是3000年前中
國人民所居住的中原和黃河流域地區，依現
在雉類的分布圖查看，僅白冠長尾雉、紅腹
錦雞、勺雞和雉雞分布其中。前3種棲息在較
高的山區，只有雉雞生活在平原和丘陵地
帶，較易見到，所以就假設《詩經》裡所寫
的是雉雞。

雉雞（*Phasianus colchicus*）的別名很多，如
野雞、環頸雉、山雞、雉、鸐鸐、翟、鶅。牠
在中國的分布很廣，除西藏羌塘高原和海南
島外，各省都有記錄，而且是留鳥，不隨季
節的轉換而遷移。常出現於農田裡、河床
上、荒野的叢藪間。台灣的雉雞分布於乾燥
的平原和丘陵地帶如花東丘陵地、嘉南平原
和台中大肚台地。數量原本很多，但因農地
的經濟開發，其棲息的面積已經大為縮小，
數量也變得稀少。

雉雞腳健翅短，善於在地面奔走，飛行不
能持久，僅作短距離的躍飛。牠是食雜性的
鳥類，動物性的食物以昆蟲為主，植物性的
食物包括嫩芽、草籽、種子、豆類及各種殼
類。平時多于晨昏在草叢間或農田裡覓食，
如遇驚嚇或危險，立即快速奔跑竄入稠密的
草叢隱匿，或驟然振翅躍飛一小段距離，再
潛入草叢中逃逸。雄鳥亮麗的羽色、躍動的
活力和求偶的鳴叫，極易引起人們的注意和
觀賞，因而便成為詩人寄物抒情的對象。如
上所舉，《詩經》裡多次以牠為詩材：如以牠
的躍飛表達自由和美感；也有以牠的鳴叫表
明求偶；更有以牠的被捕表示痛苦。

在求偶期間，兩雄之間為了爭取地
盤和異性，會發生猛烈的格鬥，勝
者神采飛揚、趾高氣昂的佔到領域
和取得羊嬌娘，敗者通常是落荒而
逃，另覓領域。

雉雞的蛋一窩可超過十枚。

白腹錦雞又叫銀雞，牠和金雞一樣因體色亮麗成為籠鳥，為一般人所愛豢養的鳥類。

這是一隻雄性紅腹錦雞，又稱金雞，正在地面啄食。其雌性體色樸實，尾羽也較短。棲息於開闊山區及針闊葉混淆林內的灌叢。

　　雉雞的繁殖期在3~7月，華南地區始於3月，華北地區要4月才開始，南北相差約1個月。雄鳥求偶時會在地上邁大步，覓食，然後停立，快速有力的挺胸拍翅，尾羽翹起張開如扇，並發出ko-kokro的求偶聲，雌鳥則回應以kia-kia鳴叫。當然雄鳥與雄鳥之間，會因爭取雌鳥的青睞而產生格鬥，直到勝利者趕走敗者為止。如果時機成熟，雄鳥會騎到雌鳥背上進行交配。交配過後，雄鳥通常會張開雙翅，尾羽也展開，頸彎曲且羽毛奔張，而繞著雌鳥行走。配對結束後，雄鳥恢復單身生活，再也不回到正在孵蛋的雌鳥身旁，當然也不會照顧妻小。

　　雉雞的婚配為一夫多妻制，一隻雄鳥通常可與1~2隻雌鳥配對，所以交配後會再尋找第2春。雉雞的巢設在草叢或蘆葦裡的地面，先將地面挖成凹陷，再鋪以柔軟的樹葉、草莖。一窩可生蛋6~14枚，由雌鳥擔當孵化和育雛的責任。孵蛋初期，雌鳥容易受驚飛逃，但到後期則很戀巢，即使人們走到巢邊，雌鳥也不離巢。蛋孵約23天雛破殼而出，同一窩的蛋出殼的時間，最多相差12小時。雛為早熟性，羽毛乾燥後即可隨母親到處行走、覓食，由母雞照顧保護，如遇危險，母雞便會出聲警告或驚飛，雛鳥就會立即藏匿或四散逃逸。

　　台灣低原地區原有很多雉雞，如大肚山台地、嘉南平原、花東縱谷等都是牠的主要棲地，後來因大量狩獵和適當棲地受破壞和範圍縮小，種群數量已大為減少。過去曾有獵人引進外國種放於原野，導致其與本島種產生雜交，純種的台灣雉雞已不多見。

　　自古以來，雉雞就是人們狩獵的對象。牠的肉質鮮美，雄鳥羽毛亮麗，為經濟價值高的鳥種。但也因此，其族群日漸減少。

17.有集維鷮

小雅〈桑扈之什〉第4首〈車舝〉
依彼平林，有集維鷮。辰彼碩女，令德來教。式燕且譽，好爾無射。

雉科裡的鳥類，大多數是雌雄異色：
雄鳥體色華麗，善於打鬥；雌鳥體色
樸實，專責孵育下一代的工作。

【今譯】

　　那茂盛的樹林，有長尾雉在聚集。那善良的碩女，以良好的德行來教導我。我們高興地暢飲，我將愛妳而無厭倦。

　　這是一首美女成婚之迎親詩，共5章。敘述新郎迎親途中的心情，既思慕新娘的美德，又感嘆沒能提供佳餚美酒，但是一路上可以歌舞一番，心裡還是很高興。上列為詩中的第2章。藉由植物的生長和長尾雉的聚集，表達社會安定繁榮，以及新娘的善良和新郎的愛意。

雉科長尾雉屬（Genus Syrmaticus）有5種，除其中1種分布於日本外，其他4種在中國境內都有分布。黑頸長尾雉分布於雲南，白頸長尾雉分布在東南一帶，黑長尾雉(台灣帝雉)僅見於台灣，白冠長尾雉生活於楚巴、陝西和山西一帶。三千年前黃河流域居

雄性的白冠長尾雉，不僅體色華麗，還有一對甚長的尾羽。京劇中英雄頭冠上的羽飾，就是取自這種鳥的尾羽。

民所見的長尾雉，或《詩經》所寫的鷮，推測應是白冠長尾雉。

白冠長尾雉（*Syrmaticus reevesii*）在古籍有鷮、翟雞、鸐雉、鶅雉、山雉、山雞、地雞等不同名稱。《本草綱目》：「似雉而尾長三、四尺者鸐雉也；似鸐雉而尾長五、六尺，能走且鳴者鶅雉也。」所謂鸐雉，當是白冠長尾雉的雌鳥；鶅雉則是其雄鳥。

白冠長尾雉僅分布於華中地帶，不見於台灣。牠棲息於海拔300公尺低山帶至1800公尺中山帶的山谷樹林裡，常從樹上躍起高過樹頂，並發出鳴叫，然後快速地飛至另一棵樹上，或至遠處的地面覓食。牠吃昆蟲，也吃豆類、穀物及蔬莱。冬天會聚集成小群活動，到春天配對時散開。通常是一雄一雌的單配，但也見一雄配二雌。

繁殖前期，雄鳥會為爭偶而激烈相鬥，勝者才有權與雌鳥配對。繁殖期在5~7月，於地上挖淺窩為巢，一窩產蛋6~14枚，孵蛋的工作完全由雌鳥擔當，經24~25天孵化雛鳥出殼。雛鳥晚成性，由母親帶領覓食和保護。白冠長尾雉自古就是獵禽，除肉質鮮美外，特長而秀麗的尾羽，多用於裝飾。

由於獵取和棲息地的破壞，目前野外的種群數量甚為稀少，已被列為I類瀕危物種，受國家和國際的保護。

黑長尾雉又叫帝雉，生活於台灣高山森林底層，是台灣特有種，上圖是雄鳥，下圖是雌鳥。

18. 鶴鳴于九皋

小雅〈彤弓之什〉第10首〈鶴鳴〉

鶴鳴于九皋，聲聞於野。魚潛在淵，或在于渚。樂彼之園，爰有樹檀，其下維蘀。它山之石，可以爲錯。

鶴鳴于九皋，聲聞于天。魚在于渚，或潛在淵。樂彼之園，爰有樹檀，其下維穀。它山之石，可以攻玉。

鶴的舞蹈有獨舞、對舞和群舞，分別代表歡樂、求偶和和樂。圖中一鶴躍起，一鶴舉翅相迎，狀甚歡心和睦。

【今譯】

　　丹頂鶴在沼澤地鳴叫，聲音可傳達到很遠。魚沉潛在深淵，或悠游於小洲。那位賢者的快樂家園中，有些青檀樹下方散落許多枯葉。如能得此賢者而用之，就等於得到他山之石，便可以作爲砥礪美玉之器，輔助君王進德修業。

　　丹頂鶴在沼澤地鳴叫，聲音可傳達到天際。魚悠游於小洲，或沉潛在深淵。那位賢者的快樂家園中，檀樹下還有構樹。如能得此賢者而用之，就等於得到他山之石，便可以作爲砥礪美玉之器，輔助君王進德修業。

　　這是一首招隱納賢之詩，藉著丹頂鶴在沼澤地和魚類在水中的自由自在，引喻宣王應納民間賢明之士到朝廷來服務。丹頂鶴在荒野地鳴叫，代表民間賢者的一種清音，君王如能招而用之，就像得到好的石塊，可以輔助君王，將其琢成令人讚賞的玉器。

中國鶴有9種，其中丹頂鶴最爲大家所熟悉。《詩經》裡所寫的鶴，只說牠的鳴聲可以傳達到很遠，沒有形態的描述，不能確定是那一種。但3000年來，中國道士、歷代皇室和文人所豢養的、古典文學所描述的和傳統藝術所繪畫的鶴，都是丹頂鶴，所以本文就介紹丹頂鶴。

丹頂鶴（*Grus japonensis*）又叫仙鶴、白鶴，屬鶴形目鶴科。牠是一種涉禽，生活於荒野濕地；體型高大壯碩，姿態俊逸，儀表出眾；體色除頭頂有一塊丹紅外，黑白分明，分配勻稱，顯得既樸質又高貴典雅；步履穩健，雍容大方，氣宇軒昂；覓食時，不慌不忙，態度從容；鳴叫宏亮，聲聞數里；舞姿多變，充滿活力；躍飛須快跑數步，

鶴鳴。鶴在鳴叫時，脖子伸直，嘴朝天，發出宏亮的鳴聲。圖中右邊的鳥，鳴叫時雙翅微舉是雄鳥；左邊的鳥，鳴叫時雙翅不舉是雌鳥。通常雄鳥鳴叫時，雌鳥會立即回應。

丹頂鶴的飛翔，
頭、頸向前伸直，
雙腳也向後拉直，
拍翅緩慢，姿態優
雅。

而後躍起直衝雲霄，氣勢磅礴；遷飛時，全家齊飛，乘風順勢，遨翔千里；越冬時，群聚洲渚，彼此照應，慎防天敵。牠的這些特質，道教徒認為是「羽族之宗長，仙人之騏驥。」明清二朝皇室將其列為一品官的徽章，代表廉潔、清高，可以委以重任的「方直之臣」；經由歷代文人的細心觀察與闡釋，已經成為寡欲、高雅、幸福與長壽等的象徵；一般平民則將其圖像作為祝賀與吉祥的禮品。丹頂鶴分布於東亞地區，牠是一種候鳥。在中國境內，夏天在東北和內蒙古東部的沼澤地繁殖，冬天到長江下游和江蘇鹽城的灘塗地越冬。遷移的季節，則每年10月下旬東北地區氣候轉涼時，帶著剛會飛的下一代，舉家南遷；待翌年3月春回大地再群體北返，此時幼鳥大多離開父母，與同年齡的幼鳥群集在一起生活。在日本北海道的丹頂鶴，因多年於冬季的投食，已逐漸失去遷移的習性。台灣不是丹頂鶴的越冬區，僅有一兩次偶見的記錄，可能是冬季天氣比較冷時，單獨一隻脫隊而來。

丹頂鶴

全長120～140公分，嘴黃色，腳灰黑色，頭頂鮮紅色，眼後方延伸至頭後白色，額、眼先、喉、頸部黑色，次級和三級飛羽黑色，形長而彎曲為弓狀覆於白色尾羽上。

由於丹頂鶴習慣過家族生活，為何落單？也許找不到伴，也許因意外失去另一伴，只能臆測，還沒有足夠的資料可做結論。丹頂鶴在3~5年齡時性成熟，求偶配對時，以鶴鳴和鶴舞來強化熱戀中的雌雄關係。丹頂鶴的鳴聲單調、粗啞而洪亮，並具有吸引異性、強化配對關係、建立領域和恫嚇入侵者等多重意義。丹頂鶴的跳舞有對舞，也有

丹頂鶴在江蘇鹽城國家級自然保護區的越冬生活。

群舞：同性對舞可視為炫耀的表現；異性對舞被認知為求偶的行為。對舞通常也伴隨著鳴叫，這是激動的訊號、情緒的宣洩或性成熟的刺激。群舞是群體的活動，其中無固定的對象，雌雄老少一齊活動，一同歡樂，這是種群社會化的一種過程。

牠們的婚姻是單配制，一夫一妻共築家庭，包括築巢、孵蛋、育雛和禦敵。不過中途如不幸失去伴侶，鰥寡者會再尋找第二春。每年產1窩，每窩生蛋1~2枚。孵蛋的工作，白天雌雄輪流，夜間多由雌鳥抱孵。孵蛋期為31~33天，雛鳥出殼後不久，即能跟隨父母行走，並接受父母的餵養與保護。丹頂鶴是雜食性鳥類，時常將頭插入水中或泥沼裡探索魚、蝦、貝、蚌、蛙等，或挖掘植物的地下莖、塊根、塊莖或球莖。

過去由於棲息地的破壞、環境的污染和無規範的獵捕，丹頂鶴的種群數量曾一度銳減。後來為其設自然保護區、立法禁捕和加強研究，目前全球的數量已達2000隻，並被中國和日本政府，以及華盛頓公約（CITES）列入Ⅰ級保護動物名錄之中，得到完全的保護。

丹頂鶴的儀表、舉止、鳴叫、舞蹈、飛翔等樣樣都深深地吸引中國文人墨客的注目與喜愛，《詩經》的鶴鳴，只是一個開始，既真實又富意涵。後代文人對丹頂鶴形態、生態、行為、繁殖和遷飛等的觀察與描述，並以詩詞、歌賦、繪畫、雕塑等不同手段，創造出豐富、美好和不朽的文化內涵。

近代人更將丹頂鶴的繪畫、雕塑用在日常生活中，如向長輩、長官或尊敬的人賀（鶴）壽，以及在建築物上作為雕飾。

宋徽宗的《瑞鶴圖》。
群鶴降祥瑞於宗廟之上。

19. 肅肅鴇羽

國風〈唐風〉第8首〈鴇羽〉

肅肅鴇羽，集於苞栩。王事靡盬，不能蓻稷黍，父母何怙？悠悠蒼天，曷其所有！

肅肅鴇翼，集於苞棘。王事靡盬，不能蓻黍稷，父母何食？悠悠蒼天，曷其有極！

肅肅鴇行，集於苞桑。王事靡盬，不能蓻稻梁，父母何嘗？悠悠蒼天，曷其有常！

鴇是陸棲大型鳥類，頸長而粗，生活於開闊乾旱地區。腳強健而善於奔跑；無後趾可供捉握，不上樹。

【今譯】

急促飛翔，羽聲肅肅的大鴇，停棲在枝葉茂盛的麻櫟樹上，這不是牠安身的地方。出差的人，終日爲君王的事奔波，不能回家耕種稷黍，年老的父母靠什麼生活？天呀！什麼時候我才有安身的地方！

急促飛翔，羽聲肅肅的大鴇，停棲在枝葉茂盛的酸棗樹上，這不是牠安身的地方。出差的人，終日爲君王的事奔波，不能回家耕種稷黍，年老的父母吃什麼東西？天呀！什麼時候我才有終了的日子！

急促飛翔，羽聲肅肅的大鴇，停棲在枝葉茂盛的桑樹上，這不是牠安身的地方。出差的人，終日爲君王的事奔波，不能回家耕種稻梁，年老的父母嚐什麼東西？天呀！什麼時候我才有正常的生活！

這詩表達公事繁忙，無暇回家奉養父母，有如大鴇在樹上，不得其所，非其所願。大鴇的腳僅3趾，無後趾可供抓握，不能停棲在樹

雄鴇的喉側有突出如鬚的纖羽，雌鴇無此特徵。

上，是一種完全生活於地上的鳥類。如果讓牠停在樹上，將是一件很痛苦的事。作者以此比喻出差人終日在外為君王的事奔波，不能回家耕種，奉養年老的父母，也是件很痛苦的事。

大鴇（*Otis tarda*）在文獻上有許多別名，如地鵏、鵏、鴇、羊鬚鴇（雄）、青鴇（雌）、獨豹、地花雞等，顯見大鴇在古代是分布廣，且普遍易見的鳥類。牠的體型大，屬鶴形目鴇科。鴇科在中國有小鴇（*Tetrax tetrax*）、波斑鴇（*Chlamydotis undulata*）和大鴇等3種，前2種僅見於新疆西部，不出現於春秋時代的中原（現今之華北、華中）地區；後1種的分布較廣泛，牠在新疆自治區的種

鴇

大鴇

全長100~120公分，雄鳥，頭、頸淺灰色，背部為半領圈狀淡棕色，具黑色寬闊橫斑，橫斑間雜以黑色扁橢圓狀細斑，中央尾羽栗棕色，先端白、黑色橫斑稀疏，兩翅大覆羽白色，中、小覆羽灰色，具白色端斑，喉白色，兩側具鬚鬚狀細長纖羽，胸側淡棕色，腹、臀及尾下覆羽白色；雌鳥無鬚。

群，棲息於開闊的草原，尤其是低矮潮濕的洼地；在內蒙古和黑龍江的種群棲息於乾旱草原、稀樹草原和半荒漠草原。台灣無分布。

　　大鴇性耐乾旱和寒冷。食雜性，以野草的嫩葉為主，但也吃各種昆蟲、小魚、蛙。性機警，很難靠近。腳健而善奔跑，完全是地上生活的鳥類，腳僅3趾，無後趾可供抓握，不能停棲在樹上。起飛前須先在地上奔跑一段距離才能升空，拍翅緩慢，飛速也不快，飛行高度一般都在30公尺以下。繁殖期自4月中旬開始，雄鳥在婚前有炫耀的行為，以搏得雌鳥青睞。牠的婚配是一夫多妻或混交配，由當時的性比和性成熟個體的多寡決定。一隻雄鳥可與多隻雌鳥交配，交配後雄鳥隨即離開。雌鳥負責在地面上挖淺窩，並鋪些乾草為巢和孵蛋，育雛的工作也由雌鳥包辦。牠

內蒙古一望無際的草原，站立著一隻大鴇。這是牠的繁殖棲地。

在10月中旬開始遷徙，常幾十隻結群飛行，至黃河流域和長江流域的荒野地、河灘、湖泊灘地越冬，且常進入農田覓食。大鴇是獵禽，自古便是人民狩獵的對象。農民也會撿取牠的蛋來吃。

古人對大鴇的形態、棲息環境和行為的描述頗為明確：如〈三才圖會〉記載：「鴇似雁，無後趾，毛有豹紋。」《毛詩傳箋通釋》卷十一：「鴇之性，不樹止。」說文解字釋名：「蓋鴇性群居如雁，自然而有行列。」郭璞、朱熹注解：「鴇似雁而大，無後趾。」這些都是對其形態和習性的描述。謝脁詩：「田鵠遠相叫，沙鴇忽爭飛。」杜甫詩〈桔柏渡〉：「急流鴇鷀散，絕岸黿鼉驕。」明代劉基詩：「水暖菰蒲沙鴇集，月明洲渚榜人歌。樸樕有枝寒集鴇，梧桐無葉夜啼鳥。」這些詩也指出大鴇喜群棲於近水的環境。

然而對大鴇的繁殖行為則頗有誤解：如丹丘先生取論：「喜淫而無厭，諸鳥求之即就。」李時珍曰：「純雌無雄，與他鳥合。」清代《古今圖書集成》：「鴇鳥為眾鳥所淫，相傳老娼呼鴇出于此。」《寵物異名疏》云：「生最淫，逢鳥則與之交。」因為有這許多誤解，所以有百鳥之妻的稱呼。其實就現代的生物學觀點，不同種類是不可能交配的。大鴇雌雄體色相似，外觀甚難辨別，其婚配是一隻雄鳥可以和一隻或多隻雌鳥交配，同樣地，雌鳥也可與多隻雄鳥交配。這種現象與人類社會裡的妓女角色頗為類似，人們將妓女院的女老板或女主持人稱為鴇母，充分掌握大鴇的性配特性，甚為傳神。但大鴇絕非如古人所謂的好淫或為眾鳥所淫。

20. 于嗟鳩兮、翩翩者雕

1.國風〈衛〉第4首〈氓〉

桑之未落，其葉沃若。于嗟鳩兮，無食桑葚；于嗟女兮，無與士耽。士之
耽兮，猶可說也；女之耽兮，不可說也。

鳩鴿的種類很多，
棲於低原常見的種
類有珠頸斑鳩、火
斑鳩（紅鳩）和山
斑鳩（金背鳩）。
此圖是珠頸斑鳩。

【今譯】
　桑葉未落時，柔嫩而潤滑光澤。鳩鳥
啊！不要貪食桑果，食多會沉迷其中；
女子啊！不要隨便與男人的一時歡樂而
失身。男人貪歡會提出許多理由說明，
女子貪歡便不好說了。

　這是一首令人感嘆的愛情故事詩，
共有6章。敘述一位野小子在市場做生
意，常藉故與一位賣蠶絲的姑娘搭訕
聊天，後來這位姑娘動了情，答應小
子託人來說媒。這小子沒託人來說
媒，使姑娘登上城牆望穿秋水。後來
這小子終於來了，說了一些好話，姑
娘終於答應嫁給他。結婚時，姑娘將
所有的積蓄帶過去。然而婚後這野小
子終日無所事事，不事生產，姑娘把
所的積蓄用光，人也因勞累而失去當
日的美貌。於是野小子變心了，甚至
把她休了，並令其回娘家。姑娘回娘
家後，還受兄弟的冷諷熱嘲，只有獨
自悲傷。上列為此詩的第3章，藉鳩鳥
的貪食桑果，警告青年女子不可沉醉
於熱戀之中而不自拔。詩中所提的

山斑鳩。翼羽上棕
紅色的羽緣為其辨
識的特徵。

鳩，不知是指鳲鳩或斑鳩，很難判斷。如
是鳲鳩，即大杜鵑，牠是食蟲性的鳥類，
通常不吃果實；如是斑鳩，牠以啄食穀類
為主，也少吃桑果。

2. 小雅〈鹿鳴之什〉第2首〈四牡〉
翩翩者雉，載飛載下，集于苞栩。
王事靡盬，不遑將父。
翩翩者雉，載飛載止，集于苞杞。
王事靡盬，不遑將母。

【今譯】

　　輕快飛行的斑鳩，且飛且下，停棲在茂
盛的麻櫟樹上。君王家的事，沒有個完了，
使我不能回家奉養父親。
　　輕快飛行的斑鳩，且飛且停，停棲在茂
盛的枸骨樹上。君王家的事，沒有個完了，使
我不能回家奉養母親。

于嗟鳩兮、翩翩者雉

珠頸斑鳩

全長27～31.5公分，嘴暗褐色，腳紅色，頭頂鼠灰色，後頸有黑色具白點斑領圈，背至尾羽灰褐色，尾羽外側黑色末端白色，翼淡褐色羽緣淡色，腹面淡葡萄灰色，脅略帶灰色。

山斑鳩（金背鳩）

全長31～35公分，頭至頸、胸、腹大致為淡紫褐色，額至頭頂灰色，頸側黑色，有白斑，背部暗褐色，覆羽棕紅褐色，尾羽外側、末端黑色，下腹、尾下覆羽鼠灰色。

火斑鳩（紅鳩）

全長22～24公分，嘴黑色，雄鳥頭至頸部鼠灰色，後頸有黑色頸環，背部、胸及上腹淡葡萄紫色，飛羽黑色，尾羽外側黑色，末端白色，下腹、脅鼠灰色，尾下覆羽白色。雌鳥大致似雄鳥，後頸黑色頸環頸緣白色，腹面羽色較淡。

　　這首詩有5章，敘述時常出差在外者，久不得歸的怨嘆。上列是第3、4章，以斑鳩在樹木間忙個不停，時飛時停，來比喻公家的事過於繁忙，抽不出時間回家奉養父母。

　　3. 小雅〈白華之什〉第5首〈南有嘉魚〉
　翩翩者鵻，烝然來思。君子有酒，嘉
　賓式燕又思。

　　輕快飛行的斑鳩，要花很久的時間才能捕得到。主人已備了酒，以宴嘉賓。勸了再勸，大家盡歡。

　　這是一首宴客通用的詩歌，共有4章。這是第4章，以獵捕動物而歡樂。

《本草綱目》斑鳩【釋名】斑佳。錦鳩。鵓鳩。祝鳩。時珍曰：「鳩也，鵓也，其聲也；斑也，錦也，其色也，佳者尾短之名也。古者庖人以尸祝登尊俎，謂之祝鳩。此皆鳩之大而有斑者。其小而無斑者曰佳。曰荊鳩。曰楚鳩。」【集解】時珍又曰：「今鳩小而灰色，及大而斑如梨花點者，並不善鳴。惟項下斑如真珠者，聲大能鳴。……鳩性愨孝，而拙於為巢。纔架數莖，往往墜卵。」

　　古代學者對斑鳩的分類仍然很籠統，依現代鳥類學分類，斑鳩歸於鳩鴿科斑鳩屬（Genus Streptopelia），此屬在中國境內分布者共有7種，其中分布較廣者是火斑鳩（Streptopelia tranquebarica）、灰斑鳩（S. decaocta）、山斑鳩（S. orientalis）和珠頸斑鳩（S. chinensis）。古代學者稱小而灰色無斑者可能指火斑鳩；稱大而項下斑如真珠者應是珠頸斑鳩或山斑鳩。斑鳩肉質鮮美，自古即為人們捕食的對象。

　　珠頸斑鳩又名花脖斑鳩或鴣鵃，廣泛分布於華北以南各省，包括台灣和海南島。牠棲息於平原至山麓的疏林環境，包括都市公園、農村林地和丘陵地。通常在樹上

珠頸斑鳩築巢於樹上，用簡單幾根樹枝為巢材。通常一窩生蛋2枚，雌雄輪流分擔孵育的工作。

于嗟鳩兮、翩翩者雛

停棲或到地面上覓食，偶而會躍上空中，雙翅伸展不動地滑翔一段距離，然後降落到樹上。鳴叫聲為響亮的「咕、咕、咕─咕」，多於晨昏時鳴叫。食物以植物為主，包括稻穀、麥、玉米、高粱、各種豆類、草籽，偶而也吃一點昆蟲。築巢於樹上，由稀疏枝條構成平盤狀，甚為簡陋。在繁殖期間，雄鳥會有時常向雌鳥鞠躬和鳴叫的示愛行為，繁殖期在4~7月，每年可產2~4窩，視繁殖成功情況而定。每窩產蛋2枚，雌雄分擔孵化和育雛的工作。蛋的孵化期約15天，餵養約15天可離巢，但還須約10天的照顧，雛鳥才能過獨立的生活。

山斑鳩又名金背鳩、雉鳩或麥鵤，廣泛分布於中國各省和台灣。牠棲息於丘陵地區的高樹，並在林下的地面或農田裡覓食。

鳥類的交配一般都是雄鳥騎到雌鳥背上，雌鳥把尾羽歪一邊，雄鳥的臀部壓下，將泄殖腔對準雌鳥的泄殖腔，然後射精。過程只有2~3秒鐘。

一對火紅鳩停棲於樹上，右邊體色較紅是雄鳥，左邊體色淡是雌鳥。

斑鳩的雛鳥屬晚成性，也就是破殼時全身裸露，羽球稀少，雙眼緊閉未張，窩在巢中等待親鳥的餵養。

台灣的山斑鳩生活在丘陵地，與在平地生活的珠頸斑鳩有所區隔。山斑鳩的生活習性與珠頸斑鳩頗為類似，繁殖期也在4~7月，築巢在樹枝上，每年產2窩，每窩產蛋2枚，蛋的孵化期約18天，餵養離巢也須約18天。

火斑鳩也叫紅鳩，體型比前述2種略小。牠的分布幾乎與珠頸斑鳩相同，在台灣多見於嘉南平原。火斑鳩棲息於農村，以及城鎮的高大樹木上，也都到地面和農田裡覓食。食物以植物類的種子和果實為主。冬季有聚群的行為，常群聚在電線上休息，或在收割後的稻田覓食。春季開始群聚逐漸分散，各自尋偶配對。繁殖期在2~5月，築巢在喬木的枝椏上，由枝條鋪成，甚為簡陋。每窩產蛋2枚，由雌雄分擔孵化和育雛的工作。

于嗟鳩兮、翩翩者雛

21. 鳲鳩在桑、宛彼鳴鳩

1. 國風〈曹〉第3首〈鳲鳩〉

鳲鳩在桑，其子七兮。淑人君子，其儀一兮。其儀一兮，心如結兮。
鳲鳩在桑，其子在梅。淑人君子，其帶伊絲。其帶伊絲，其弁伊騏。
鳲鳩在桑，其子在棘。淑人君子，其儀不忒。其儀不忒，正是四國。
鳲鳩在桑，其子在榛。淑人君子，正是國人。正是國人，胡不萬年！

大杜鵑（布穀鳥）、中杜鵑（筒鳥）和小杜鵑的體形和體色相似，大小也差異不大，在野外辨識不易，一般都以鳴聲來辨認。上圖是中杜鵑。

【今譯】

　　大杜鵑停棲在桑樹上，養育了七隻雛鳥。善良的君子，他的行為始終如一。因其行為一致，他的心是堅定的。

　　大杜鵑停棲在桑樹上，牠的子女停棲在梅樹上。善良的君子，他的帶子用素絲做成。牠的皮冠用玉石作裝飾。

　　大杜鵑停棲在桑樹上，牠的子女停棲在酸棗樹上。善良的君子，他的行為是正大光明。因其有正大光明的行為，所以能指導四方的國家。

　　大杜鵑停棲在桑樹上，牠的子女停棲在榛樹上。善良的君子，做為全國人民的表率。既是全國人民的表率，怎可以不長壽萬年呢！

　　這首詩敘述淑人君子必須先端正自己的行為，而後才能作別人的表率。以大杜鵑育雛，並教其子女長大後，無論在什麼地方如梅樹、棗樹或榛樹，儀表要端莊，行為須端

正，做事也都無誤為例，來表達此詩的意涵。然而大杜鵑是寄生性鳥類，牠生蛋在其他鳥類的巢裡，子女由寄主代為撫養長大，自己對子女不負養育的責任。

2. 小雅〈小旻之什〉第2首〈小宛〉
宛彼鳴鳩，翰飛戾天。我心憂傷，
念昔先人。明發不寐，有懷二人。

【今譯】
　　那小小的大杜鵑在樹上哀怨地鳴唱，然後拍動雙翅，飛至天空。我心裡很憂傷地懷念父母，從夜間一直到天明，整夜都睡不著。

　　這首詩有6章，意在敘述處於亂世之人，要多懷念父母，並告戒兄弟，處事須謹慎，以免遭禍害。上列為其第1章，藉大杜鵑的鳴叫表示對社會動亂的悲傷和飛上天的行為表示對現實的逃避與無奈。

這是小杜鵑，牠的鳴叫聲為6音節，很容易與2音節的大杜鵑和4音節的中杜鵑分辨出來。

鳲鳩

大杜鵑

全長30～33.5公分，上體暗灰色，腰及尾上覆羽染藍色，外側覆羽和飛羽暗褐色，尾羽黑色，中央尾羽具有左右成對白點，胸、腹及脅為白色，具黑褐色細橫斑，橫斑較細，寬1～2公分。

《詩經》裡這二首有關鳲鳩的詩，一在藉其端正的行為，來表彰做人應有的道德；另一在藉鳲鳩的鳴叫和飛翔，來表達內心對社會動亂的憂傷和迴避。

明朝李時珍所著的《本草綱目》，鳲鳩【釋名】有布穀、鴶鵴、穫穀、郭公。時珍曰：「布穀名多有因其聲似而呼之。如俗呼阿公阿婆、割麥插禾、脫卻破袴之類，也有因其鳴時可為農侯故耳。或云鳲鳩即月令鳴鳩也；鳴乃鳲字之訛。」【集解】寫「毛詩疏義云鳲鳩大如鳩，而帶黃色。啼鳴相呼而不相集，不能為巢，多居樹穴及空鵲巢中。」此處所說之鳲鳩，今稱大杜鵑（*Cuculus. canorus*）。大杜鵑在各地以及古籍的名稱有二十幾種，別名繁多，讓人看得眼花撩亂，同時也顯示其在中國分布的廣泛。這些別名有擬似叫聲的；有神話上的；也有文人賦與的。

大杜鵑屬於鵑形目杜鵑科杜鵑屬（Genus Cuculus），此屬鳥類在中國境內的

中杜鵑是夏候鳥，常棲於高枝觀望，一旦有機會就將蛋下於其他鳥類的巢中，這叫托卵寄生，由他鳥來為其孵蛋育雛。

分布有6種：即鷹鵑（*Cuculus sparverioides*）、棕腹杜鵑（*C. fugax*）、四聲杜鵑（*C. micropterus*）、大杜鵑（*C. canorus*）、中杜鵑（*C. saturatus*）和小杜鵑（*C. poliocephalus*）。夏季來台灣的種類，以鷹鵑和中杜鵑的鳴叫較為普遍。這6種杜鵑在中國都是樹棲性的夏候鳥，生活在山區或平原的密林裡，且多單獨活動，平常不易看到。但牠們的鳴叫聲各不相同，日夜都能鳴叫，聲響嘹亮，二、三公里外都能聽到，於是成為人們關注的鳥種。由於牠們的體形相似，體長最大是鷹鵑38公分，最小是小杜鵑25公分，其他4種都在28~33公分之間。體背也都是灰褐色，區別在於體腹面的色澤和紋路。

　　由於彼此的差異不大，有時連專家都不易辨識，更何況沒有受過科學訓練的古代文人。但是如欲辨識牠們也不難，可由鳴聲來分辨。這6種的鳴聲各不相同：鷹鵑的叫聲是宏亮、反覆的3連音「pi-pee-wa」，第2音節較高，繁殖期常日夜不停地鳴叫，古籍所寫子規夜啼，就是指此鳥；棕腹杜鵑的叫聲是高而尖、重覆而持久，似「zhi-wi」的2音節；四聲杜鵑的叫聲，當然是4音節似「gue-gue-gue-guo」，第3音節略高，第4音節最低。各地人士為此鳥的4音節叫聲而有很多四字的別名，如「碗豆八哥」、「關公好哭」、「光棍好過」、「快快割麥」、「家婆打我」。大杜鵑的叫聲是穩定響亮的2音節「kuk-ku」，即大家所熟悉的「布穀」；中杜鵑的叫聲也是4音節，但是雙連聲的「hu-hu，hu-hu」或「不、不—不、不—」，開頭的音調較高，聲音響亮；小杜鵑的叫聲是6

音節的「pi-pi-ki-li-li-i」，開頭音低，而後音量提高，最後音再降低。

杜鵑屬的鳥類都以昆蟲為其主要食物。繁殖時牠們都不築巢，而將蛋下在雀形目小鳥的巢中，由寄主代為孵化和育雛，屬寄生性的繁殖。如鷹鵑下蛋於鉤嘴鶥屬（Genus Pomatorhinus）的鳥巢中；棕腹杜鵑生蛋於鶲屬（Genus Muscicapa）和短翅鶇屬（Genus Brachypteryx）的巢中；四聲杜鵑下蛋於大葦鶯（Acrocephalus arundinaceus）、灰喜鵲（Cyanopica cyana）、黑卷尾（Dicrurus macrocefus）等的巢中；大杜鵑下蛋於大葦鶯、灰喜鵲、棕頭鴉雀（Paradoxornis webbian）、棕扇尾鶯（Cisticola juncidis）、北紅尾鴝（Phenicurus auroreus）、紅尾伯勞（Lanius cristatus）等鳥巢中；中杜鵑下蛋於黑背燕尾（Enicurus schistaceus）、冠紋柳鶯（Phylloscopus reguloides）、白喉短翅鶯（Brachypteryx leucophrys）等鳥巢中；小杜鵑下蛋於鷦鷯（Troglodytes troglodytes）、白腹藍鶲（Ficedula cyanomelana）等鳥巢中。蛋的大小和色澤，都隨所選寄主的蛋而變異，這就是寄生的適應。

杜鵑托卵繁殖的現象，古代人民早有察知，如杜甫詩〈杜鵑〉：「我昔遊錦城，結廬錦水邊；有竹一頃餘，喬木上參天。杜鵑暮春至，哀哀叫其間；我見常再拜，重是古帝魂。生子百鳥巢，百鳥不敢瞋；仍為餧其子，禮若奉至尊。……」詩中寫哀哀叫其間，推測可能是鷹鵑，而生子百鳥巢，表示生蛋於其他鳥類的巢中，由寄主代為養育。

大杜鵑春季來到農村，為尋求配偶而大

杜鵑的雛鳥由體型比牠小的養父母餵養長大。

肆鳴叫，此時也正是麥黃椹熟，稻田下種的時刻，因而產生許多與農事有關的詩句，如蔡襄的〈稼村詩帖〉：「布穀聲中雨滿犁，催耕不獨野人知，荷鋤莫道春耘早，正是披簑叱犢時。」又如陸游的〈嘲布穀〉詩云：「時令過清明，朝朝布穀鳴，但令春促駕，那為國催耕。紅紫花枝盡，青黃麥穗成，從今可無語，傾耳舜絃聲。」。此外，也有一些粗俗、有趣的鳴叫詩句，甚似脫口秀：如「割麥插禾，東田水涸，西田水多，天雨不勻將奈何。」又如「脫卻布袴，布袴典錢三百數；夫要米，婦要布；催租人入門，索去袴錢兩無語。」這些詩句都顯現農民生活的困苦與靠天吃飯的無奈。

鳲鳩在桑、宛彼鳴鳩

22. 燕燕于飛

1. 國風〈邶〉第3首〈燕燕〉

燕燕于飛，差池其羽。之子于歸，遠送于野；瞻望弗及，泣涕如雨。
燕燕于飛，頡之頏之。之子于歸，遠于將之；瞻望弗及，佇立以泣。
燕燕于飛，上下其音。之子于歸，遠送于南；瞻望弗及，實勞我心。
仲氏任只，其心塞淵；終溫且惠，淑慎其身。先君之思，以勖寡人。

「舊時王謝堂前燕，飛入尋常百姓家。」這首流傳千古唐詩中的堂前燕，指的就是家燕。

【今譯】

　　燕子雙雙在空中飛舞，牠們的翅膀互相參錯。現在妳要出嫁遠去，我送妳到遠處的郊野，等到妳的身影看不到了，我的眼淚不由地如雨水似地流下。

　　燕子雙雙在空中飛舞，牠們的飛翔時高時低。現在妳要出嫁遠去，我遠遠地送妳一程，等到妳的身影看不到了，我呆立良久，傷心流淚。

　　燕子雙雙在空中飛舞，牠們的鳴聲時上時下。現在妳要出嫁遠去，我送妳到城南之外，等到妳的身影看不到了，我的心甚為傷痛。

　　女弟二姑娘最可信任了，她的心既誠實又深厚，性情也溫和及柔順，待人是既善良又謹慎。臨別時還以勿忘先君的話來勉勵我。

　　這是衛君送女弟遠嫁之詩。詩中敘述燕子雙雙對對在空中飛舞，時上時下，或高或低，偶而還在空中呢喃幾聲，這種和樂的景象，多麼

家燕是城鎮和農村
普遍常見的候鳥，
春來秋去更是眾所
周知的習性。

美好。如今女孩要遠嫁他方，萬般不捨，
一直送到看不見身影，還是感傷地流淚，
希望她婚後能像燕子雙飛，夫唱婦隨。

　　2. 商頌第3首〈玄鳥〉
　　天命玄鳥，降而生商。宅殷土芒
　　芒。古帝命武湯，正域彼四方。……
　…………

【今譯】
　　上天派家燕降到人間，使簡狄吞其卵，生
下商的始祖「契」，定居於有廣大平原且富
庶的殷地。古時上帝命令有德的武湯，治理
四方的疆域。………

燕燕于飛

這首詩很長，今只摘取開頭2句。商頌是祭神拜祖的舞曲，在歌功頌德之餘，不忘慎終追遠，宣示其祖先是上天派來的。這是祀殷王高宗之樂。

燕子是一種非常普通常見的鳥類。古書上有許多名字，如鳦、乙、鷾鴯、意而、元鳥、玄鳥、烏衣、鷰鳥、朱鳥、天女、神女、社燕等。燕子在鳥類分類學上屬雀形目燕科燕屬（Genus Hirundo），此屬在中國有6種，但大多是局限分布，只有家燕足跡遍及各省，為大眾所熟悉。

家燕（*Hirundo rustica*）是一種候鳥，在古時的華北地區，春來秋去，古人早知其有遷移習性，所以《禮記·月令》：「仲春之月，元鳥至。……仲秋之月，元鳥歸。」牠的春季遷移，隨氣溫的漸暖而逐漸向北遷飛，2~3月就到達華南，3~4月抵華中，4~5月才至華北及東北。牠的覓食行為是在飛行中張口捕取飛蟲，所以春天北遷的速度與飛蟲的出現有關。遷徙時會在甘蔗田或蘆葦叢過夜。家燕抵達繁殖地後，常見成群在空中飛舞，飛翔敏捷而快速，時東時西，忽上忽下，且邊飛邊發出急促的鳴叫，有時甚至從行人的身旁掠過，或滑過池塘飲水。休息時則多停棲在村野的樹上、電線上。

牠築巢於屋簷或橫樑下，有時也設在農家的廳堂裡。巢由雌雄口銜濕泥，再和羽毛、細草混雜堆砌而成，巢內襯墊柔軟的物質如羽毛、毛髮等，巢半碗狀，通常一窩產蛋4~6枚，常見為5枚，由雌鳥負擔孵

家燕由雌雄合作，分別銜泥築巢於屋簷下，巢呈半杯狀，巢口開於頂端。

蛋的工作。蛋經孵化14~15天，雛鳥破殼而出。雛鳥為晚成性，須經雙親辛勤餵養約20天始能離巢。如果繁殖順利的話，家燕一年可產2窩。家燕在台灣也是夏候鳥，在中部以北的農村或小鎮的農家築巢繁殖，通常農民都能接受。

由於家燕體型嬌小，模樣可愛，飛行便捷，築巢于屋宇之下，極易親近，一般人民多就近觀察，從不干擾或破壞。家燕春來秋去，神出鬼沒，遂成為歷代文人作詩的極好題材。歷來有關牠的詩句文章，真是多得不勝枚舉。今僅抄錄其一二，供讀者細心品味：

有關築巢的詩，如劉秉忠的留燕：「銜泥舊燕壘新巢，來往如辭曲折勞。蝸舍雖微足容爾，畫梁爭得幾多高？」

燕燕于飛

家燕

全長16～18公分，背面黑色具藍色金屬光澤，尾羽及飛羽黑褐色帶有藍綠光澤，尾呈深叉狀，外側尾羽特長，額、喉紅褐色，上胸有黑色橫帶，胸以下白色或黃白色。

關於育雛的描述，如白居易詩：「梁上有雙燕，翩翩雄與雌。銜泥兩椽間，一巢生四兒；四兒日夜長，索食聲孜孜。青蟲不易捕，黃口無飽期；嘴爪雖欲弊，心力不知疲；須臾千來往，猶恐巢中饑。辛勤三十日，母瘦雛漸肥；喃喃叫言語，一一刷毛衣。一旦羽翼成，引上庭樹枝，舉翅不回顧，隨風四散飛。雌雄空中鳴，聲盡呼不歸，卻入空巢裡，啁啾終夜悲。燕燕爾勿悲，爾當反自思，思爾為雛日，高飛背母時。當時父母念，今日爾應知。」

家燕的飛行輕快流利，鳴叫清脆婉轉。有時邊飛邊鳴，如仙音飄墜；有時幽棲低唱，若喁喁私語。王琪的〈望江南〉：「江南燕，輕颺繡簾風。二月池塘新社過，六朝宮殿舊巢空，頡頏恣西東。王謝宅，曾入綺堂中。煙徑掠花飛遠遠，曉窗驚夢語忽忽；偏占杏梁紅。」

關於家燕的遷移，劉子翬的〈燕子〉：「燕子營巢得所依，銜泥辛苦傍人飛。秋風一夜驚桐葉，不戀雕梁萬里歸。」說明一到秋天就會南遷。

有些家燕在春天返回繁殖地，會回到原來築巢的地點。有一則故事：「霸城王整之姊，嫁為衛敬瑜妻，年十六而敬瑜亡。父母舅姑，咸欲嫁之，截耳為誓，乃止。所住戶有燕巢，常雙飛來去，後忽孤飛，女感其偏棲，乃以縷繫腳為誌。後歲，此燕果復更來，猶帶前縷。」近代候鳥繫放的研究，也證明家燕會重臨舊地。

家燕的雛鳥是晚成性，當親鳥飛臨巢邊，雛鳥即伸長脖子，張開黃口，等待親鳥將食物送入口中。

燕燕于飛

23.脊令在原

1. 小雅〈鹿鳴之什〉第4首〈常棣〉

脊令在原，兄弟急難。每有良朋，況也永歎。

鶺鴒是生活於平原沼澤地的鳥類，體型嬌小，善於在地面快速奔走，也常在離地面不高的低空呈波浪狀的飛行，且邊飛邊鳴叫，鳴聲尖細而嘹亮。

【今譯】

鶺鴒在平原上追逐，有如兄弟有急難，相互救援。雖然有很好的朋友，也只是向你表達同情的歎息而已。

這首詩也很長，共8章，主要都在形容兄弟關係至近，宜相親相愛，急難相助，兄友弟恭，和睦共樂。這一章利用成對鶺鴒在地面上相互追逐的行為，來表達兄弟之間的相互關懷。

2. 小雅〈小旻之什〉第4首〈小宛〉

題彼脊令，載飛載鳴。我日斯邁，而月斯征。夙興夜寐，無忝爾所生。

【今譯】

看那鶺鴒邊飛邊鳴，互相呼應。我日日奔忙，你也月月辛勞。我們都要早起晚歸的工作，不要對不起生身的父母。

鶺鴒以啄食各種昆蟲為生。這隻黃鶺鴒逮到一隻昆蟲，站在枝枒上瞭望。

這首詩有6章，意在敘述處於亂世之人，要多懷念父母，並告戒兄弟，處事須謹慎，以免遭無妄之禍害。上列為此詩的第4章，藉鶺鴒互動的行為來表達兄弟的互相關懷。鶺鴒通常都在地面上活動，除了遷移，從不在高空翱翔。牠在地上活動時，一般都是一隻向前飛一小段，一隻在後尾隨跟上，且邊飛邊鳴叫，相互呼應。鶺鴒的這種行為，在古代文人的眼裡，被視為兄弟友愛的情誼。

就鳥類分類而言，鶺鴒屬雀形目鶺鴒科鶺鴒屬，中國鶺鴒屬（Genus Motacilla）有黃鶺鴒（*Motacilla flava*）、黃頭鶺鴒（*M. citreola*）、灰鶺鴒（*M. cinerea*）和白鶺鴒（*M. alba*）等4種。這些鳥的體形

脊令在原

黃鶺鴒

全長15～17.5公分，黃眉黃鶺鴒夏羽，頭頂、背及腰、小覆羽為橄欖黃綠色，翼灰黑色，中、大覆羽羽緣黃白色，呈兩條翼帶狀，尾羽外側白色，眉斑黃色，眼線至耳羽暗橄欖黃綠色；冬羽，背面暗灰褐色，眉斑與腹面灰白色略帶黃色，過眼線暗灰褐色；白眉黃鶺鴒的夏羽大致同黃眉黃鶺鴒，頭上至後頸、眼線至耳羽皆為灰黑色，眉斑為白色；冬羽，大致同黃眉黃鶺鴒的冬羽，但眉斑羽腹面皆不帶黃色，但有腹脅、胸側帶黃褐色的個體。

黃頭鶺鴒

全長16～17.5公分，雄鳥頭至腹黃色，背暗灰或黑色，尾黑褐色，最外側兩對尾羽具大型白斑，翼上覆羽暗灰或黑褐色，羽緣白色，構成明顯翼帶，飛羽暗褐色，尾下覆羽白色；雌鳥頭頂及臉、耳羽均有較多的灰褐色，黃色部分也較暗。

灰鶺鴒

全長17～17.5公分，雄鳥上背灰褐色，尾上覆羽染綠，中央尾羽黑色，外側赭黑褐色具大白斑，白色眉斑，喉部夏季為黑色，冬季為黃色，胸以下黃色，脅黃白色，翼上覆羽與背羽同色，飛羽黑色，內側飛羽具明顯白緣，腹面黃色，雌鳥羽色似雄鳥，喉部雜以灰褐色羽，腹面顏色較淡。

都纖細，體長在150~180mm之間，雌雄體色相似；腳健，善奔馳而不跳躍，站立棲息時，尾羽不停地上下擺動；飛行時身體離地不高，僅10幾公尺，在空中起伏呈波

白鶺鴒靜立在溪流的圓石上，注視著周遭的動靜。環境中如是平靜安全，就安心地低頭覓食；如感到危機將近，即發出警告的鳴聲，飛離現場。

浪狀，且能邊飛邊鳴。牠們的分布遍及中國各地，但都是候鳥，有遷徙行為。台灣常見的記錄有黃鶺鴒、灰鶺鴒和白鶺鴒等3種，前2種是有規律的冬候鳥，後1種是部分冬候鳥，部分在台灣繁殖。

鶺鴒屬都棲息於水邊的草地、農耕地，甚至於村落的屋頂上，也會成對，或3~5隻成小群在道路上、水庫的泥地上快速奔馳覓食，偶而也會飛上空中捕食飛蟲。遷移時會聚集數十或數百隻集體遷飛，並在農田或樹上過夜。鶺鴒為食蟲性，各類昆蟲為其主食，偶而也兼食一些雜草種子。繁殖期在3~7月，築巢在洞穴、石縫、土坎、牆洞或屋頂，一窩產蛋4~6枚，通常5枚，孵化期約12天。雛鳥晚成性，經親鳥餵養12~14天始有能力離巢。

鶺鴒的覓食行為，常成對或3~5隻結小群在道路上奔馳覓食，經常一隻在路上快速奔馳，並啄地面上的食物，另一隻隨即跟

白鶺鴒

全長17.5～19公分，本種在中國有9個亞種，體色以及頭、胸部的黑斑紋變異較大。上體自黑色至深灰、尾羽黑色，外側尾羽具顯著白斑，前頭、臉及頦、喉白色，有黑色過眼線（部份亞種不具），翼上覆羽及飛羽具白斑，使得翅側呈現明顯黑白或灰白二色，下體白色，胸部具寬窄不等的黑色胸帶。

到，有時則並肩或一前一後飛行一小段距離，在飛行中並發聲鳴叫，相互呼應。這種行為在《詩經》裡被比喻為兄弟關係至近，宜相親相愛，互相幫助，後代文人多比喻鶺鴒為兄弟。如杜甫收到其弟「觀」的信，謂即將至，乃喜寫「待爾嗔烏鵲，拋書示鶺鴒。」如宋人王中有〈干戈〉詩：「干戈未定欲何之？一事無成兩鬢絲。蹤跡大綱王粲傳，情懷想樣鍍陵詩。鶺鴒音斷人千里，烏鵲巢寒月一枝。安得中山千日酒，酩然直到太平時？」又如趙防書〈秋日寄弟〉詩：「鶺鴒今在遠，年酒共誰斟。」詩中的鶺鴒都暗指兄弟之情。

現代開車在郊野或山徑途中，常見鶺鴒

鳥類為獲得異性的好感和青睞，通常會展現各種不同的炫耀行為。

雌性黃頭鶺鴒的頭頂和耳羽區灰褐色與雄鳥不同。

在車前引路,車向前開一段,牠向前飛一段,有時還鳴叫幾聲,當您再向前開一段,牠也再向前飛一段,從不逃離,甚爲有趣。

灰鶺鴒即使在水邊覓食,爲了自身的安全,也會隨時抬起頭來觀望,以防掠奪者的突襲。

24.七月鳴鵙

國風〈豳風〉第1首〈七月〉

七月流火，八月萑葦。蠶月條桑，取彼斧斨，以伐遠揚，猗彼女桑。七月鳴鵙，八月載績，載玄載黃，我朱孔陽，為公子裳。

伯勞的上嘴尖端彎鉤
而銳利，猶如鷹嘴善
於撕裂動物的肉。牠
常停棲於枝頭上，注
視地面的動態，如有
可食之機會，即刻下
撲攫取，然後帶到高
處插在尖刺上享用。

【今譯】

　七月火星向西沉，八月割蘆葦。到了三月養蠶時，把桑樹枝條修剪，拿出斧頭砍老枝條，新枝條才會茂盛。七月伯勞鳴唱，八月紡絲織布匹，黑色黃色都好看，我染的紅色最鮮艷，將做成衣裳給公子穿。

　「七月」這首詩很長，共有8章，都在吟詠農村四季應該工作的事項與農民的忙碌生活情形。這一章只是其中之一，表明七月正是伯勞鳴叫最起勁的時期，農民也正忙碌收割。吟唱出農村和諧安樂的景象。

鵙，就是伯勞鳥。《本草綱目》伯勞之釋名「鵙、伯鷯、博勞、伯趙、鴂。」時珍曰：「伯勞

棕背伯勞是
鳴唱高手，閒時
在枝頭上會模仿多
種鳥類如白頭翁、大卷
尾、畫眉、竹雞等的鳴唱。

暗色型的棕背伯勞。
有如人類中有黑人一
樣，有些鳥類也有體
色較暗的形態。

即鵙也。夏鳴冬止，乃月令候時之鳥。」

伯勞屬雀形目伯勞科伯勞屬，中國伯勞屬（Genus Lanius）有12種，體色有棕和灰二類，大多是候鳥，只有栗背伯勞（*Lanius collurioides*）和棕背伯勞（*L. schach*）是留鳥，前者的分布只見於西南和華南，後者的分布擴及華中和華北。其餘的伯勞都是候鳥。台灣的伯勞有5種記錄，棕背伯勞是留鳥，紅尾伯勞（*L. cristatus*）是規律性的過境鳥和冬候鳥，其餘都甚少見。

剛離巢，但還不能過獨立生活的棕背伯勞雛鳥，牠站在離巢不遠的枝頭上，等待父母帶食物回來餵養。

這隻紅尾伯勞正停
立在枝頭上鳴叫,
似在宣告所佔據的
領域。

伯勞是林棲鳥類,棲息於開闊的丘陵林
地和農村的疏木上。食肉性。牠常停棲於
枝頭上注視地面的獵物,然後飛撲到地面
攫奪食物。牠捕到獵物後並不馬上吞食,
而將獵物帶到高處貫於尖物如竹刺、細樹
枝或鐵絲尖之上,然後再慢慢享用。鳴叫
聲一般都粗厲響亮,但有時也能婉轉鳴
唱,尤其能模仿多種鳥類的鳴唱,唯妙唯
肖。

　繁殖期在4~7月,設巢於矮樹或灌叢上,
一窩產蛋4~6枚,孵化期為12~14天,雛鳥

七月鳴鵙

棕背伯勞

全長23.5～25公分,頭頂至上背灰色,
額及眼線至耳羽黑色,肩羽、下背至尾
上覆羽橙褐色,尾羽、翼黑色,外側尾
羽具淡棕色緣,初級飛羽基部白色形成
翼斑,喉至腹部白色,脅、下腹、尾下
覆羽橙褐色。

紅尾伯勞

全長18.5～20公分,雄鳥上體栗褐色,
外側尾羽較短,呈凸尾形,額至前頭在
不同亞種為灰白、褐灰、褐及栗褐色,
自嘴基有黑色寬紋過眼達於耳區,眉為
白色或淡棕色,翼上覆羽似背羽,飛羽
褐色,頰、喉白色,下體棕白;雌鳥
背、腹均有暗色不規則鱗紋,過眼紋褐
黑色。

捕獲食物的紅尾伯
勞停棲在花叢間，
正準備享用一頓美
食。

經14~15天的餵養始能離巢，離巢仍須親鳥
照顧5~7天，才有能力過獨立生活。如是遷
移性的候鳥，則於秋季聚集而後集體遷
飛。

農曆7月正是伯勞繁殖後期，此時的鳴叫
可能是親子間的連繫或警告，牠的叫聲宏
亮，時而粗厲，時而婉轉，很容易引起在
田裡工作農民的注意。詩中也顯現出農民
在田野辛勤與和諧的景象。

七月鳴鵙

25. 肇允彼桃蟲

周頌〈閔予小子之什〉第4首〈小毖〉

予其懲而毖後患，莫予荓蜂，自求辛螫。肇允彼桃蟲，拼飛維鳥。未堪加多難，予又集于蓼。

黃腹山鷦鶯又叫灰頭
鷦鶯，生活於荒野與
農地的芒草叢中。體
型小，善鳴唱。

【今譯】

　我應該以「管蔡」之禍爲戒，慎防後患，不要使它成爲蜜蜂，自找辛螫之苦。例如那山鷦鶯，開始以爲是小鳥，那曉得以後竟成爲一隻大鵬。我年幼經不起國家多難的折磨，現又處於水蓼生長的澤地。

　周成王派周公平定「管蔡」的叛亂，而以此詩作爲自儆。山鷦鶯是比麻雀還瘦小的小型鳥類，事實上長大後，不可能成爲大鳥。這顯然是一則神話。古代人對許多種鳥類的生活習性還不瞭解，常常會有許多奇怪的說法。現代人已對許多種鳥類做過研究，對各種鳥類的認知，已經遠勝於古代人，所以對這種小鳥變大鳥的事，當然不會相信。

　古代人多將桃蟲釋名爲鷦鷯或巧婦鳥。《本草綱目》的巧婦鳥【釋名】鷦鷯、桃蟲、蒙鳩、

女匠、黃脰雀。時珍曰：「按《爾雅》云：桃蟲鷦，其雌曰鴱。揚雄方言云：自關而東，謂之巧雀，或謂之女匠；自關而西，謂之襪雀，或謂之巧女。燕人謂之巧婦；江東謂之桃蟲。」【集解】藏器曰：「巧婦小於雀，在林藪間為窠，窠如小袋。」時珍曰：「鷦鷯處處有之。生蒿木

黃腹山鷦鶯善於用細草編織囊袋狀的巢窩，巢口在上側。每窩產3～5枚深橘紅色的蛋，由雙親共同孵育。

之間，居藩籬之上，狀似黃雀而小。灰色有斑。聲如吹嘘。喙如利錐。取茅葦毛氄而窠，大如雞卵，而繫之以麻髮，至為精密，懸於樹上，或一房二房，故曰巢林不過一枝，每食不過數粒。」

由上述《本草》的【釋名】，桃蟲就是巧

肇允彼桃蟲

黃腹山鷦鶯（灰頭鷦鶯）

全長12.3～13.5公分，頭灰色，背部暗橄欖褐色，向後逐漸變淡，翅褐色，具暗黃色邊緣，腰、尾羽亮黃褐色，具不明顯的暗色橫斑，頦、喉淡棕白色，胸腹淡黃色；冬羽大致似夏羽，但有白色短眉斑。

婦鳥，也叫鷦鷯，因其善於編織巢窠，故有巧雀、女匠、襪雀、巧女等地方名。莊子《逍遙遊》曰：「鷦鷯巢於深林，不過一枝。」後人借用「鷦鷯一枝」來形容只要有一處小小可供容身的地方，生活簡樸，心性淡泊，就心滿意足，不奢求高位的心意。如白居易〈我身〉：「窮則爲鷦鷯，一枝足自容。」杜甫詩：「爲報鴛行舊，鷦鷯在一枝。」今依上述「狀似黃雀而小。灰色有斑。聲如吹噓。喙如利錐。取茅葦毛毳而窠，大如雞卵，而繫之以麻髮，至爲精密，懸於樹上。」的形容，推測應是山鷦鶯屬（Genus Prinia）裡的黃腹山鷦鶯（*Prinia flaviventris*），或稱黃腹鷦鶯或灰頭鷦鶯。

　黃腹山鷦鶯身長約13公分，個體嬌小，嘴細長甜尖，頭灰褐色，腹部黃色。在鳥類分類屬雀形目扇尾鶯科山鷦鶯屬。牠分布於華南地區、海南島和台灣。一般都棲息於低原的草叢、荒野地或耕作地。春天繁殖期會站立在叢藪的枝頭上或藩籬上，挺胸翹尾，使勁地鳴唱，一方面建立領

黃腹山鷦鶯是生活於草叢常見的小鳥，食蟲以維生。繁殖求偶期常於枝頭使勁地鳴唱，以吸引異性。

域，一方面以吸引異性的青睞。牠的鳴聲為連續、急速的哨聲，鳴叫則是單音似貓咪的喵聲。通常是單獨活動，不群聚。食物以昆蟲和植物的種子為主。繁殖期在4~6月，築巢於草叢或灌叢裡，巢離地高約1~2公尺，袋狀，由細草編織而成，巢口開於上方。每窩產蛋3~5枚，蛋深橘紅色，無污斑。雛鳥約15日孵出，由雙親共同餵養。

山鷦鶯個體雖小，在農地裡跳躍和鳴唱，很容易被注意到。牠在《詩經》裡被喻為小物或小事，但若不留意，則將會壯大成為禍害。後來文人形容其物小，需求如食量和巢窩也小，容易滿足，以喻恬淡而無大志。

肇允彼桃蟲

26. 交交桑扈

1. 小雅〈小旻之什〉第2首〈小宛〉

交交桑扈，率場啄粟。哀我填寡，宜岸宜獄。握粟出卜，自何能穀。

黑尾蠟嘴雀雌雄兩性體色
相近，但雄鳥頭部為藍黑
色，雌鳥則無藍黑色斑。

【今譯】

　　鳴聲交交的蠟嘴雀，繞著穀場啄粟。可憐我貧病交加，且有牢獄之災。握一把粟當費用出去占卜，但事實擺在眼前，怎能得到好卦呢？

　　這首詩有6章，上列為此詩的第5章，以蠟嘴雀啄粟時的鳴叫聲，表達作者的心情。蠟嘴雀的喙厚，是以穀類為主食的鳥類。牠到穀場啄粟，表示穀物豐收，人民可以豐衣足食。著者感念自己貧病交加，且有牢災之無奈，對人生充滿灰心。

2. 小雅〈桑扈之什〉第1首〈桑扈〉

交交桑扈，其鶯其羽。君子樂胥，受天之祜。
交交桑扈，其鶯其領。君子樂胥，萬邦之屏。

【今譯】

　　鳴聲交交的蠟嘴雀，牠的翅膀美麗而有文采。諸侯們都很快樂，是上天給的幸福。

錫嘴雀的嘴厚實而尖，利於啄食較為堅實的果子。

鳴聲交交的蠟嘴雀，牠的脖子美麗而有文采。諸侯們都很和樂，可作萬邦的屏障。

這是天子燕諸侯之詩，共4章。上列是第1、2章，藉用蠟嘴雀的華麗的羽色和清脆的鳴叫，表達諸侯們的和諧與快樂。

《本草》【釋名】有竊脂，青雀，蠟嘴雀。李時珍曰：「鳻意同奔。止也。桑鳻乃鳻之在桑間者。其嘴或淡白如脂，或疑黃如蠟，故古名竊脂。俗名蠟嘴。」又曰：「鳻鳥，處處山林有之。大

交交桑扈

桑扈

錫嘴雀（臘嘴雀）

全長約17公分。雄鳥頭、臉部橙褐色，眼先黑色，頸側、後頸灰色，背、小覆羽暗褐色，腰、尾上覆羽黃褐色。尾略短，黑褐色，外側末端白色，翼黑褐色，有大塊白斑，飛行時呈現二條白色翼帶。雌鳥大致似雄鳥，羽色較淡，頭上、臉部黃褐色。

如鴝鵒，蒼褐色，有黃斑點，好食粟稻。其嘴喙微曲，而厚壯光瑩，或淺黃淺白，或淺青淺黑，或淺玄淺丹。」依其所描述，推測應是黑頭蠟嘴雀或黑尾蠟嘴雀，或稱錫嘴雀又稱臘嘴雀。

黑頭蠟嘴雀（*Eophona personatus*）又名桑鳸，屬雀形目燕雀科（Family Fringillidae）。牠是一種候鳥，夏天在東北繁殖，冬天到華南越冬，在台灣是不常見的冬候鳥。夏天棲息於山區針葉林帶和針、闊葉混淆林帶，遷徙時多活動於丘陵地和平原高大的闊葉樹上，集小群在樹枝間飛翔和覓食，並發出短促而刺耳的「tak、tak」聲。5月繁殖前期佔領區和求偶的鳴唱，是一系列短促的4、5種笛聲所構成，歌聲嘹亮、優美動聽，尤其雄鳥清晨在樹稍的鳴唱，更引人注意。食雜性。食物隨地區和季節而有所不同：在東北地區春天吃新長出的幼芽和嫩葉，夏天吃各種昆蟲及其幼蟲，秋天吃各種果實和種

子。6月開始繁殖，巢築在離地甚高的樹上，每窩產蛋3~4枚。9月開始南遷，到華南各省越冬。

黑尾蠟嘴雀（*Eophona migratoria*）又名小桑鳭，與上種同是蠟嘴雀屬，體形和體色相近，但個體稍小。牠也是候鳥，分布地區較廣，夏天也在華中繁殖。台灣是不常見的冬候鳥。棲息於城鎮公園和村莊的喬木上，也集小群活動。鳴叫聲「tek，tek」甚為洪亮，繁殖期求偶的鳴唱是由多變的哨音和顫音構成，甚是好聽。其食性、繁殖和遷移等都與上述種類類似，惟在長江流域的族群，繁殖期在5月即開始。

錫嘴雀（*Coccothraustes Coccothraustes*）又稱臘嘴雀。體型比前二種略小，也是候鳥。夏天在東北地區繁殖，冬天到華中越冬。棲息於平原或山丘的樹林上層，常結群多活動，鳴聲尖但不洪亮，以啄食植物為主。

詩中以蠟嘴雀的鳴叫、體色和食性，表達社會的豐衣足食與和諧快樂。蠟嘴雀也是籠鳥之一，李時珍曰：「今俗多畜其雛，教作戲舞。」

黑尾蠟嘴雀立於樹上，伸直頸部，張大嘴巴，為求配偶，使勁地鳴唱。

交交桑扈

27. 緜蠻黃鳥

1. 小雅〈都人士之什〉第6首〈緜蠻〉

緜蠻黃鳥，止于丘阿。道之云遠，我勞如何。飲之食之，教之誨之。命彼後車，謂之載之。

緜蠻黃鳥，止于丘隅。豈敢憚行，畏不能趨。飲之食之，教之誨之。命彼後車，謂之載之。

緜蠻黃鳥，止于丘側。豈敢憚行，畏不能極。飲之食之，教之誨之。命彼後車，謂之載之。

黑枕黃鸝是林棲的鳥類。帶著鮮黃的羽色穿梭於枝葉間，以及嘹亮悅耳的鳴唱，常引人不得不駐足觀賞。

【今譯】

　體色亮麗的黑枕黃鸝，停棲在丘曲之處。我奉命出差到很遠的地方，路途勞苦。幸而領隊的人心地很好，一路上讓我飲食無缺，又多加教誨。當我走不動時，又叫我坐在後邊的副車上。

　體色亮麗的黑枕黃鸝，停棲在丘隅之處。我奉命出差到很遠的地方，豈敢怕走路，只怕走不快。幸而領隊的人心地很好，一路上讓我飲食無缺，又多加教誨。當我走不動時，又叫我坐在後邊的副車上。

　體色亮麗的黑枕黃鸝，停棲在丘側之處。我奉命出差到很遠的地方，豈敢怕走路，只怕走不到目的地。幸而領隊的人心地很好，一路上讓我飲食無缺，又多加教誨。當我走不動時，又叫我坐在後邊的副車上。

　此詩讚賞黑枕黃鸝的亮麗羽色和悠閒的生活，並對照出差者旅途趕路的辛勞，以及長官對屬下的體恤。這是出差者感激領隊優待之詩。

2. 周南第2首〈葛覃〉

黑枕黃鸝的食性以昆蟲和漿果為主，很少啄食栗穀。

葛之覃兮，施于中谷，維葉萋萋。黃鳥于飛，集于灌木，其鳴喈喈。

【今譯】

葛藤草長滿山谷，葉子生長的很茂盛。黑枕黃鸝在空中飛來飛去，有時降落在樹上，並鳴唱出悅耳好聽的歌聲。

這是一首描述女兒欣喜欲回娘家的心理過程，共分3章。其中第1章敘述環境的和諧亮麗，如春季萬象更新，枝葉茂盛，黑枕黃鸝也進入求偶配對的繁殖期，此時鳥兒為吸引異性，鳴唱特別起勁，並在樹木間相互追逐。此詩藉春天花木欣欣向榮和鳥類求偶的景象，表達女子婚後欲回娘家省親的快樂心境。

3. 國風〈邶〉第7首〈凱風〉
睍睆黃鳥，載好其音。有子七人，莫慰母心！

【今譯】

美麗的黑枕黃鸝，能唱出婉轉好聽的聲調。可是我們兄弟七人，竟然沒有一人有好的成就，足以安慰母親的心。

這首詩敘述母親辛勞地將子女養大成人，有如凱風和寒泉的滋潤使植物生長，然而子女們則沒有好的成就以寬慰慈母的心。此詩共4章，第4章為子女們比喻自己不如黑枕黃鸝的悅耳鳴唱，沒能寬慰母親的心而自責。

4. 國風〈秦〉第6首〈黃鳥〉
交交黃鳥，止于棘。誰從穆公？子車奄息。維此奄息，百夫之特，臨其穴，惴惴其慄！彼蒼者天，殲我良人！如可贖兮，人百其身！

縣蠻黃鳥

交交黃鳥，止于桑。誰從穆公？子車仲
行。維此仲行，百夫之防，臨其穴，惴惴
其慄！彼蒼者天，殲我良人！如可贖兮，
人百其身！

交交黃鳥，止于楚。誰從穆公？子車鍼
虎。維此鍼虎，百夫之禦，臨其穴，惴惴
其慄！彼蒼者天，殲我良人！如可贖兮，
人百其身！

【今譯】

　黑枕黃鸝停棲在酸棗樹上，不斷的哀鳴，誰要
跟從秦穆公去殉葬？就是子車家的奄息。奄息的做
事能力很強，可抵得上一百人。他走到墓穴旁，嚇
得全身發抖，心裡懼怕。青天老爺呀！為什麼要毀
滅我們有才幹的人？如果可以將他贖回，犧牲一百
人我們都甘心。

　黑枕黃鸝停棲在桑樹上，不斷地哀鳴，誰要跟從
秦穆公去殉葬？就是子車家的仲行。仲行的做事能
力很強，可抵得上一百人。他走到墓穴旁，嚇得全
身發抖，心裡懼怕。青天老爺呀！為什麼要毀滅我
們有才幹的人？如果可以將他贖回，犧牲一百人我
們都甘心。

　黑枕黃鸝停棲在黃荊樹上，不斷地哀鳴，誰要跟
從秦穆公去殉葬？就是子車家的鍼虎。鍼虎的做事
能力很強，可抵得上一百人。他走到墓穴旁，嚇得
全身發抖，心裡懼怕。青天老爺呀！為什麼要毀滅
我們有才幹的人？如果可以將他贖回，犧牲一百人
我們都甘心。

　古代王公貴族死，有用活人殉葬的習俗。左傳
文公六年載：「秦穆公卒，以子車氏三子為殉；
國人哀之，為之賦黃鳥。」這是這首詩的原本故
事。鳥類在子女遇到危險時，其鳴叫的聲音與平
時迥異，既急切又緊張。詩中藉黑枕黃鸝的急切
哀鳴，表達秦穆公死亡，用3位有才幹的人殉葬，
令人惋惜與哀傷。

黑枕黃鸝的體色雌
雄相類似，外觀不
易區別。當見2隻
在樹林間追逐時，
無法判定是同性為
領域而驅趕，或異
性為配對而追逐。

5. 國風〈豳〉第1首〈七月〉

七月流火，九月授衣。春日載陽，有鳴倉
庚。女執懿筐，遵彼微行，爰求柔桑，春日
遲遲，采蘩祈祈，女心悲傷，殆及公子同
歸。

【今譯】

七月的黃昏，火星將西沉，九月就該分寒衣了。春
天氣候回暖，樹上的黑枕黃鸝開始鳴唱。女孩帶著好
看的籮筐，順著小路去採柔嫩的桑葉。春天的日子日
漸長，時間過得很慢，很多人都去採白蒿。女孩子心
裡悲傷，將嫁給公子而離開父母了。

「七月」這首詩，篇幅很長，共有8章，主要在詠豳
地農村的工作和農民的作息生活。月份不同，農民忙
碌的工作項目亦異。上列為詩的第2章，敘述春季時
節，正是黑枕黃鸝返回繁殖地，忙著鳴唱、追求配偶
的時候，也正是女孩帶著籮筐採桑的日子。

6. 國風〈豳〉第3首〈東山〉

我徂東山，慆慆不歸。我來自東，零雨其
濛。倉庚于飛，熠燿其羽。之子于歸，皇駁
其馬，親結其縭，九十其儀。其新孔嘉，其
舊如之何？

【今譯】

我從軍出征東山，久久不能回家。戰爭結束了，我
從東方回去時，正下著毛毛細雨。回想當初與妻結婚
時，正是黑枕黃鸝羽色亮麗，在空中飛來飛去追求異
性的時節。妻子的娘親為其結上佩巾，送來各色各樣
的馬匹，舉行多種禮儀，一對新婚夫妻多甜蜜呀！現
在夫妻雙雙老矣，久別重逢，又該如何？

這首詩共有4章，描述東征戰士解甲歸家途中的心
路歷程，甚為細膩。這位戰士好不容易熬到戰爭結
束，可以回家，卻在歸家途中遇到濛濛細雨，道路泥

黑枕黃鸝

全長24.5～27公分，嘴鮮紅色，全身大致亮黃色，雄鳥過眼線黑、粗且長至頭後呈環狀，翼羽黑色，具鮮黃色黃緣尾羽黑色，外側尾羽具黃色端斑；雌鳥體羽略帶綠色，胸、脅羽具暗褐縱紋，過眼線較細。

濘不堪，舉步艱難。想想離家三年，家裡不知變成什麼模樣，甚為擔心。老婆在家打掃準備迎接我嗎？回想當年新婚的情景多麼美好，現在回家夫妻見面，將是何種滋味？這是詩中的第4章，以身披亮麗金黃羽色的黑枕黃鸝，在空中相互追逐，來表達當年結婚是多麼甜蜜和幸福。一般中、小型的鳥類，在繁殖期過後，都有換羽的現象，以便在次年繁殖前有全新亮麗的羽色，以吸引異性。所以用鳥類亮麗的羽色和在空中飛舞的行為，來反映夫妻恩愛甜蜜的生活，顯見古代人對鳥類觀察的用心。

黑枕黃鸝的巢，多以植物纖維編織成杯狀，懸吊於樹木的高枝上。一對黑枕黃鸝正站立於其巢邊。

7. 小雅〈鹿鳴之什〉第8首〈出車〉
春日遲遲，卉木萋萋。倉庚喈喈，采蘩祁祁。執訊獲醜，薄言還歸。赫赫南仲，玁狁于夷。

【今譯】

春日的天氣很舒緩，花木茂盛，黃鸝和諧的鳴叫，採白蒿的人很多。此時發現了間諜，活捉了惡徒而凱歌回來。威名赫赫的南仲，平服了玁狁。

　　這是一篇共6章的長詩，敘述周宣王派大將南仲去北方築城，並半定外夷強敵玁狁，勝利凱旋歸來的過程。首先敘述為保衛國家，奉派到遙遠的野外，其次描寫旌旗飄飄，軍容壯大，將軍威武，但僕夫困苦，然後說明驅逐強敵，勝利凱歸的心情。此章是最後一章，以春日天氣和緩，花木茂盛，黃鸝到處鳴唱，眾人都到田野工作等情景，來表達只有戰勝外敵玁狁，平服外敵，才能得到寧靜安祥的生活。

　　8. 小雅〈祈父之什〉第3首〈黃鳥〉
黃鳥黃鳥，無集于穀，無啄我粟。此邦之人，不我肯穀，言旋言歸，復我邦族。
黃鳥黃鳥，無集于桑，無啄我梁。此邦之人，不可與明，言旋言歸，復我諸兄。
黃鳥黃鳥，無集于栩，無啄我黍。此邦之人，不可與處，言旋言歸，復我諸父。

【今譯】
　　黑枕黃鸝啊，黑枕黃鸝！不要降落到構樹上，不要啄食我的粟。這裡的人對我不友善，我只好回到我的家鄉。
　　黑枕黃鸝啊，黑枕黃鸝！不要降落到桑樹上，不要啄食我的梁。這裡的人不可以信賴，我只好回到我諸位兄長那裡。
　　黑枕黃鸝啊，黑枕黃鸝！不要降落到麻櫟樹上，不要啄食我的黍。這裡的人不可與之相處，我只好回到我諸位父輩那裡。

　　黑枕黃鸝的食物以昆蟲為主，很少啄食穀類。此詩描寫牠啄食粟、梁和黍等是不得其所，非其本意，表示作者流落他鄉，所處環境甚不順遂而有思歸之意。

絲蠻黃鳥

在春秋時代，生活於農村鄉野之間的黑枕黃鸝（*Oriolus chinensis*），其種群數量應該是普遍易見，因而在《詩經》裡有多處以其金黃亮麗的體色、宏亮婉轉的鳴唱和在樹木間穿梭追逐的求偶行為，來表達人們感情上的甜蜜、幸福、抱怨與悲傷。就因此成為後來歷代文人雅士在詩詞歌賦吟詠的對象。春暮夏初，黑枕黃鸝剛回到繁殖地時，正是雄歡雌愛、在大樹間穿梭飛行，追求異性的時刻，所以鳴唱特別起勁，尤其在萬籟俱寂，東方熹微漸露的晨光，其婉轉流利的聲調，把人從睡夢中叫醒，更是醉人。中國古籍中描述牠的歌唱、羽色、飛行等，真是多得不勝枚舉，今僅錄取幾首觀察較為貼切的詩，供讀者諸君品味：

楊萬里的〈聞鶯〉，曾敘述牠築巢的位置和餵雛的辛勤。其詩如下：

「仰聽金衣語，偶窺鶯婦巢；深穿喬木裡，危掛弱枝稍。啄菢雙雙子，經營寸寸茆；何時雛脫殼？新哢響交交。」這裡的「金衣」和「鶯」都是指黑枕黃鸝，描述巢危掛在弱枝稍，可見觀察甚為仔細。

梅堯臣的〈黃鶯〉，短短幾句就描述出牠的體色、活動和鳴唱。其詩如下：

「最好音聲最好聽，似調歌舌更叮嚀；高枝拋過低枝立，金羽修眉黑染翎。」

黑枕黃鸝是現代鳥類學的學名，但在古時候，因不同的時代，不同的地區，不同的書籍，呈現的名稱也各有不同。例如《詩經》稱「黃鳥」；《爾雅》稱「皇、黃鶯」；《詩義疏》稱「黃鶯、鸝鶹、黃栗留、倉庚、商庚、鵹黃、楚雀、搏黍、黃袍」；《爾雅翼》稱「黃流離、黃栗流」；《禮記》稱「長股」；《說文》稱「離黃」；《本草綱目》稱「鶬、鶯、黃鸝、黃伯勞」；《格物論》稱「鸝鶹、黃

當年生的亞成鳥，胸部的黑色縱斑尚未脫落。成年的黑枕黃鸝，胸部是純金黃色。

鶬鶊」；《集韻》稱「鸝鶹」；《天寶遺事》稱「金衣公子、紅樹歌童」。

　　黑枕黃鸝屬雀形目黃鸝科，此科在中國境內有5種，但只有黑枕黃鸝分布到中原地區。黑枕黃鸝的體型比珠頸斑鳩略小，比畫眉稍大。體色全身金黃，只有過眼線、後枕、飛羽（羽緣黃色）是黑色，非常耀眼。牠是林棲性的鳥類，常穿梭於平原農村高大的樹木間或樹枝間，飛行快速。鳴唱聲時而嘹亮，時而柔和，音調婉轉又富變化，尤其在春回大地，雌雄返回繁殖地之初，為建立生活領域和配對，以各種不同鳴唱曲調來宣告領域和吸引異性，並在大樹間相互追逐。牠那金黃的羽色在綠葉間飛來飛去，且邊飛邊鳴叫，極易引起人們的注目。這使牠成為《詩經》裡藉物抒懷，吟唱最多的鳥類。後來文人們便藉著牠的亮麗的體色、美妙的鳴唱、生動的活力和季節的律動等來表達自己的情感。

　　黑枕黃鸝在中國境內是夏候鳥，分布很廣，除西北之蒙新區和青藏區外，東南半壁江山包括西南、華南、華中、華北，以及東北等都有其蹤跡。台灣在過去的農業時期，數量也普遍，近年來只偶見於南部和東部，數量非常稀少。數量減少的原因，可能與農村高大樹木消失和大量使用農藥有關。

　　黑枕黃鸝每年於5月抵達華北的繁殖區，食物以鱗翅目和鞘翅目等昆蟲佔最大部分，但偶而也吃一些植物性食物。牠築巢於離地3~6公尺的樹梢上，巢呈吊籃式，由麻絲、碎紙、棉絮、草莖等經雌、雄合力編織而成。每窩產蛋為4枚，有時也見產2枚或3枚。蛋近橢圓形，粉紅色，並有稀疏的紫紅色斑點。孵蛋的工作完全由雌鳥承擔，約經14~16天，雛鳥孵出。雛鳥由雙親共同餵養，經約16天辛勤的給食，始有能力離巢，但離巢的最初幾天仍由父母照顧。黑枕黃鸝於8月下旬就開始南遷，9月在華北多不見蹤影。

28.維鵲有巢

1. 召南第1首〈鵲巢〉

維鵲有巢，維鳩居之；之子于歸，百兩御之。
維鵲有巢，維鳩方之；之子于歸，百兩將之。
維鵲有巢，維鳩盈之；之子于歸，百兩成之。

喜鵲是樹棲的鳥類。腳趾
3前1後，緊緊地抓住樹
枝，甚為穩定，但牠也常
到地上漫步啄食。

【今譯】

喜鵲築好了巢，斑鳩來居住。女子出嫁了，夫家以百輛車子去迎接她。

喜鵲築好了巢，斑鳩來佔有。女子出嫁了，娘家以百輛車子為她送行。

喜鵲築好了巢，斑鳩來佔滿。女子出嫁了，雙方各以百輛車子，為她完成婚禮。

這是祝賀嫁女之詩。藉著鵲巢表示男方已經將居室準備好，可以迎娶女子（斑鳩）來住。成語「鵲巢鳩占」應源自這首詩。一般人將成語「鵲巢鳩占」，擬為斑鳩占據了喜鵲的巢，事實上是不可能的，且也誤解了此詩的原意。

閩南語叫喜鵲為客
鳥，這是因其鳴叫
聲喀、喀而名。牠
是留棲鳥類，不是
來作客的候鳥。

2. 國風〈陳〉第7首〈防有鵲巢〉
防有鵲巢，邛有旨苕，誰侜予美？
心焉忉忉！
中唐有甓，邛有旨鷊，誰侜予美？
心焉惕惕！

【今譯】

堤防上有喜鵲的巢，高地上有生長於濕地
的紫雲英，這都是不合理、不可信的事。什
麼人用這種事來欺騙我所愛的人，實在使我
心中充滿憂愁。

中庭之路上鋪有陶甓，高地上有生長於濕
地的綬草，這都是不合理、不可信的事。什

維鵲有巢

喜鵲

全長44～52公分，頭至頸部、背與胸皆為黑色，肩羽、腹白色，翼暗藍色，尾甚長，藍綠色，尾下覆羽黑色，初級飛羽內緣白色。

麼人用這種事來欺騙我所愛的人，實在使我心中充滿憂懼。

　　喜鵲的巢築在大樹上，不可能在堤防築巢和香莕是濕地植物，也不可能生長在高地，這是一首反諷的詩，勸人莫信不合理的謊言。

鵲 也叫喜鵲（*Pica pica*）、神女、飛駁鳥、干鵲、客鳥（閩南語）。牠在中國境內的分布很廣，除青藏高原外，幾乎到處都有牠的蹤跡，是普遍易見的鳥類。台灣原本無喜鵲，牠在清代被引進，目前多處可見，零星分布。喜鵲屬於雀形目鴉科鵲屬（Genus Pica），牠的體型比斑鳩略大，尾羽也較長。牠棲息於山腳、平原、村落和城市公園等地區的大樹上，也會在屋頂和莊稼地上活動，而不見於濃密的林內。喜鵲是雜食性的鳥類，食物包括各類昆蟲、蝸牛、青蛙、小鳥、鳥蛋和植物性的瓜、果、雜草種子和玉米、黃豆、豌豆、麥等作物。

喜鵲撿較粗的樹枝到樹的高處築巢，牠的巢會年年增補，再次利用，所以甚為巨大，在鄉野裡很遠就可看到牠的巢。

喜鵲是長期居住在一地的留鳥，牠的繁殖期因地而異：在華南的亞熱帶地區，1月就見有築巢的行為，2月上旬下蛋；在華北的溫帶地區，3月才見築巢，最快在3月下旬才有發現蛋的記錄。牠是雌雄合作築巢於大樹的樹梢高處，主要以枯枝為巢材，並加上一些雜草、碎麻、纖維、獸毛等，有時也將舊巢整修再利用。巢的體積巨大，站在老遠地方一眼即可認出，所以便常成為詩人藉其巢來比喻事故。

喜鵲一窩生4~6枚蛋，孵蛋的任務由母鳥負責，公鳥在巢的附近守護，有很強的領域和護巢性，以保護巢窩，防禦其他鳥類的侵犯。鵙鳩和斑鳩的個性溫和，牠們在

喜鵲築巢繁殖時，不可能爭鬥得過喜鵲，而霸佔喜鵲的巢。唯一可能佔巢的機會是待喜鵲育雛完成後，棄巢不再使用時，才能進入喜鵲的巢佔用。在喜鵲繁殖期，有能力與之爭執而最後奪取霸佔牠的巢是猛禽類的雀鷹或隼。鄭作新等人曾見紅腳隼（*Falco vespertinus*）、紅隼（*F. tinnunculus*）和燕隼（*F. subbuteo*）等都能與喜鵲爭巢，經過幾天的爭鬥，這幾種隼最後都爭勝而霸佔喜鵲的巢。隼的體型和大小（身長28~36公分）與鳲鳩、斑鳩（身長30~32公分）都差不多，古人也可能把隼類誤爲鳩類。喜鵲母鳥孵蛋約17~18天出雛。雛鳥經雙親約一個月的餵養，才能離巢試飛，但此時還須依靠雙親在旁照顧，到一定時間才有能力過獨立生活。

喜鵲的體型大，巢位明顯易辨，鳴叫聲嘎—嘎，聲大粗啞而聒噪，常在村落和城鎮的大樹樹梢上或飛行中鳴叫，於是自然成爲歷代文人抒懷寄情的對象。歷代有關喜鵲的詩句很多，下面僅抄錄二首供玩味：

韓偓詩：「晴來喜鵲無窮語，雨後寒花特地香。」此詩在表達其聒噪之聲，且不絕於耳；白居易詩：「不如林中烏與鵲，母不失雛雄伴雌。」此詩在表達雄鳥於繁殖其照顧雌幼的生活。民間的傳說，喜鵲是報喜的鳥，會爲人們報喜訊，叫鵲喜。《開元天寶遺事》：「時人之家，聞鵲聲皆以爲喜兆，故謂靈鵲報喜。」黃庭堅詩：「慈母每占烏鵲喜」。李端詩：「披衣更向門前望，不忿朝來鵲喜聲。」

福建省金門縣土壤貧瘠，農產不豐，居

兩隻喜鵲在農田裏覓食。喜鵲是雜性的鳥類，各類昆蟲、蝸牛、蛙、蛇、小鳥和植物瓜、果等都是牠的食物。

民都到南洋去發展，然後寄錢回金門老家奉養父母。當地老人每聽到屋頂上喜鵲的鳴叫聲，都相信牠是來報喜的，果然常常在第二天就收到南洋寄來的匯款。金門地區還有一首關於喜鵲的民謠，其詞為：「客鳥喀喀，舉刀來裂（宰割魚的意思），拿鹽來撒，明天請客。」這首民謠說明喜鵲事先通知，明天將有客人來訪，所以主人高興便宰魚醃鹽，以備明天宴請來客。

維鵲有巢

29. 莫黑匪烏、弁彼鸒斯

1. 國風〈邶風〉第3首〈北風〉

莫赤匪狐，莫黑匪烏，惠而好我，攜手同車，其虛其邪，既亟只且。

紅嘴山鴉雖是全身烏
黑，但嘴和腳則是紅
色。

【今譯】

　　狐狸都是赤色的（指赤狐），烏鴉都是黑色的。惠然愛我的人，我們一起上車吧。遲緩不得，還是快速離開。

　　這首詩有3章，前2章均描寫北風寒冷，雨雪紛飛，要大家趕快逃避為妙。上列是第3章，以狐狸和烏鴉的體色都是天生的，即使是狡詐或邪惡，都不可怕。然而國君的暴虐，肆無忌憚的胡作非為，才是讓人民害怕。這是衛君暴虐，百姓受苦，禍亂將生，詩人偕其友人急於歸隱以避禍亂之詩。

　　2. 小雅〈祈父之什〉第8首〈正月〉

憂心愍愍，念我無祿。民之無辜，並其臣僕。哀我人斯，于何從祿？瞻烏爰止，于誰之屋？

謂山蓋卑，爲岡爲陵。民

詩經裡的鳥類　　182

這2隻從地面躍起的烏鴉，上背和胸部是白色的，牠們叫白頸鴉，是鴉科裡的1種，可見天下烏鴉並不一般黑。

之訛言，寧莫之懲。召彼故老，訊之占夢，具曰「予聖」，誰知烏之雌雄？

【今譯】

想到我的不幸，真使人憂心忡忡。我沒有犯罪，竟然被歸併入奴僕。我可悲的人生，到那裡去尋找幸福？看那烏鴉緩緩飛行，會降落在誰家的屋頂上？

說山是低的，說山岡是土陵，這些謊言，為什麼不細心審查。召見那些老臣，詢問占夢的人，他們都自以為是聖人，那一位能辨別烏鴉的雌雄？

這是一篇長詩，共13章，意在指責幽王暴虐無道，執行嚴刑峻法，使百姓生活陷入困苦。上列是其第3章和第5章，藉由人

莫黑匪烏、弁彼鸒斯

大嘴烏鴉（巨嘴鴉）

全長46～53公分，嘴形粗大，通體黑色，體羽有綠色金屬光澤，翼及尾有紫色金屬光澤。

們對烏鴉的不良觀感，表達自己的不幸際遇，同時指責那些有權力的人士，誰又能辨認烏鴉的雌雄。烏鴉的雌雄體色烏黑，相似而不能辨，鳴聲粗啞，自古以來都被認定是不祥的鳥。牠降落在誰家的屋頂上，該戶將會有不幸的事件發生。

> 3. 小雅〈小旻之什〉第3首〈小弁〉
> 弁彼鷽斯，歸飛提提。民莫不穀，我獨于罹。何辜于天？我罪伊何？心之憂矣，云如之何！

【今譯】

快樂的烏鴉，群體歸林的飛翔甚為安祥。人們都很平安和善，只有我處於憂患。我有什麼得罪上天？我的罪過是什麼？我真的很憂愁，但是又有什麼辦法呢！

這是一篇有8章的長詩，描寫生於亂世，社會不靖，憂心忡忡的情緒。上列為第1章，敘述不祥的烏鴉都能快樂過日子，只有作者處於憂患意識。

《**本**草綱目》列「鸒」爲烏鴉的釋名，同時也有鴉烏、老雅、鴜鵐、楚烏、大嘴烏。李時珍曰：「烏鴉大嘴而性貪鷙，好烏善避繒繳。古有《鴉經》，以占吉凶。」故古之鸒，即今之大嘴烏鴉。

李時珍曰：「烏有四種：小而純黑，小嘴反哺者，慈烏也；似慈烏而大嘴，腹下白，不反哺者，鴉烏也；似鴉烏而大，白項者，燕烏也；似鴉烏而小，赤嘴穴居者，山烏也，山烏一名鵊，出西方。」如依此描述來比對今之圖鑑，慈烏應是小嘴烏鴉（*Corvus corone*），鴉烏就是達烏里寒鴉（*Corvus dauuricus*），燕烏則是白頸鴉（*Corvus torquatus*），山烏便是紅嘴山鴉（*Pyrrhocorax pyrrhocorax*）。牠們分別屬鴉屬（Genus Corvus）和山鴉屬（Genus Pyrrhocorax），體型和生活習性相差不大，而能依體色加以區分，實屬難得。中國鴉屬有8種，除上述3種外，還有大嘴烏鴉、渡鴉、寒鴉、家鴉和禿鼻烏鴉。山鴉屬2種，還有黃嘴山鴉。

如以3000年前人民居住的黃河流域範圍而言，《詩經》上所寫的烏，以大嘴烏鴉，也就是一般人所說烏鴉的可能性較大。因爲這些烏鴉中，全身純黑者只有大嘴烏鴉、渡鴉和小嘴烏鴉等3種。小嘴烏鴉分布於東北和蒙新地區，渡鴉分布於青藏高原和內蒙，只有大嘴烏鴉分布在華北、華中和華南。華北的大嘴烏鴉見於平原和都市，台灣的大嘴烏鴉只能在海拔1000公尺以上的山區才能看到其蹤跡。

大嘴烏鴉（*Corvus macrorhynchus*）也叫烏

大嘴烏鴉就是一般所說的烏鴉，全身烏黑，體型甚，常棲息於大樹的高枝上。

莫黑匪烏、弁彼鸒斯

鴉、巨嘴鴉或老鴉，屬雀形目鴉科鴉屬（Genus Corvus）。雌雄體色一樣，外型無法分辨。牠棲息於田野和城鎮的大樹或屋頂上，而到田園及沙灘覓食，也會跟在田裡翻土的農民後面，啄食土壤翻出的動物。牠在台灣則棲息於海拔2000公尺的高山，不見於低山和平原地帶。牠的種群數量甚爲普遍，且常結群活動，尤其在冬天結群的數量更多。鳴叫聲「ar—ar」單調而粗啞，音量宏大。每天晨昏成群自棲息的樹上飛出或飛返時，邊飛邊鳴，持續不斷，甚爲吵雜。很多地方的人們都討厭牠的鳴叫聲，認爲牠在自家的屋頂上或外出時碰到牠的鳴叫，是一種不吉的兆頭。大嘴烏鴉是雜食性的留鳥，只要任何可吃的有機物都不會放棄，包括動物的腐屍、各種活的小型陸棲動物、各種穀物、家禽飼料、甚至到垃圾堆找東西吃。繁殖期在3~6月，築巢在高大樹木的頂上，一窩產蛋3~5枚，經約15日孵化出雛。

　　黃昏時，群鴉歸林喧叫的景象，在各地城鎮都很容易見到，因而常爲旅人敘景抒懷的題材。古代文人除將體色烏黑的烏鴉視爲不祥之鳥外，對其黃昏群體歸林和粗啞的叫聲的景象，常爲詩人筆下敘景，表達旅客在孤

達烏里寒鴉的體型比大嘴烏鴉小很多，牠棲息於樹林、耕地和村莊附近，常結小群活動。

寂旅途的寂寞心境。如元代馬致遠：「枯藤，老樹，昏鴉；小橋，流水，人家；古道，西風，瘦馬；斷腸人在天涯。」前面的句子都在敘景，只有最後一句才說出旅人

老樹、昏鴉，常被喻為孤獨旅客的寂寞心境。

的心情。唐代張繼的〈楓橋夜泊〉：「月落烏啼霜滿天，江楓漁火對愁眠。姑蘇城外寒山寺，夜半鐘聲到客船。」以及杜甫的〈發秦州〉：「日色隱孤戍，烏啼滿城頭」和〈遣懷〉：「夜來歸鳥盡，啼殺後棲鴉」之句，都表達同樣的心緒。成語「慈烏反哺」表示子女奉養年老父母的孝心，然而人們對此鳥的行為觀察，並無此現象。

俗語說：「天下烏鴉一般黑！」實際上，鴉科鳥類，有些身上的羽色並不全黑，如白頸鴉和寒鴉，喜鵲身上黑白分明二色更明顯。

莫黑匪鳥、弁彼鷽斯

30. 鳳凰于飛

大雅〈生民之什〉第8首〈卷阿〉

鳳凰于飛，翽翽其羽，亦集爰止。藹藹王多吉士，維君子使，媚于天子。
鳳凰于飛，翽翽其羽，亦傅于天。藹藹王多吉人，維君子使，媚于庶人。
鳳凰鳴矣，于彼高岡。梧桐生矣，于彼朝陽。菶菶萋萋，雝雝喈喈。

【今譯】

鳳凰正在飛翔，飛羽振動的聲音翽翽，最後停棲在適當的地方。王的左右多賢士，為君王所用，且都是敬愛於你。

鳳凰正在飛翔，飛羽振動的聲音翽翽，能夠飛到天上。王的左右多賢士，為君王所用，且都是親愛於人民。

鳳凰鳴叫，在那高岡之上。梧桐生長了，在那朝陽之地。多麼茂盛和和諧呀！

這首詩共有10章，是召康公從成王遊卷阿時所獻。上列為其7、8、9章，以鳳凰靈鳥比喻賢臣，都為君王服務，也愛戴君王和他的人民。

遠 在商代甲骨文中就有鳳字，是大尾巨鳥的象形文字。《爾雅注》：「瑞應鳥，雞頭蛇頸燕頷龜背魚尾五彩色。」又云：「靈鳥仁瑞，雄曰鳳，雌曰皇。」《說文》：「鳳，神鳥也。天老（黃帝臣）曰，鳳之象也，鴻前麐後，蛇頸魚尾，鸛顙鴛思，龍文龜背，燕頷雞喙，五色備舉，出於東方君子之國，翱翔四海之外，過崑崙，飲砥柱，濯羽弱水，莫宿風

鳳舞圖

鳳凰是神鳥，祥瑞的
象徵。鳳是雄鳥，凰
是雌鳥。據考證沒有
一種現代鳥與之相
同。許多廟宇和宗祠
都畫或雕刻有鳳凰。
由上鳳舞圖的形象觀
之，頗似現代雉科的
鳥類。

穴，見則天下大安寧。」《孔傳》：「雄曰鳳，雌曰皇。」牠喻為吉祥之鳥。此處比喻為賢臣。依現在所見的鳳凰畫像和雕刻像看，它具有雞頭、鶴頸和腿、鴛鴦的翼羽、孔雀的尾屏等綜合而成，傳說是代表一種瑞祥的形象，而非眞鳥。

「鳳凰于飛」常被用於祝賀親友結婚之辭，希望夫妻生活能日夜相伴，自由自在，無拘無束地像鳳凰鳥在空中飛翔。其典故源自《左傳・莊公二十二年》：「初，懿氏卜妻敬仲，其妻占之，曰吉，是謂鳳皇于飛，和鳴鏘鏘。」注：「雄曰鳳，雌曰皇，雌雄俱飛，相和而鳴，鏘鏘然，猶敬仲夫妻相隨適齊，有聲譽。」另一成語「鳳鳴朝陽」則源自《詩經》本篇第9章，也就是上列第3章。朱氏善曰：「鳳皇者，賢才之喻；朝陽者，明時之喻。」比喻有能力的高才者，適時地發揮他的才華。

鳳凰雖非眞實的鳥類，然而經歷代的傳頌，已成為吉祥的象徵，也與鴛鴦、丹頂鶴等成為中國文化的一部分。它的圖像常與龍結合在一起，且已經廣泛地應用於日常生活之中，如作為建築上的飾物，繪圖的贈品和雕塑藝品。一般所謂的龍鳳配，是二種尊貴、吉祥神物的結合，也指社會最高層皇帝與皇后至高無上的婚配。這是傳統社會的認定，也是文化演進自然的結果。如若以生物學的觀點視之，龍和鳳分屬不同種，是不可能結婚交配的。再以性別論，龍是雄的，鳳也是雄的，豈不成了同性戀或同志了嗎？

31. 鸞聲將將

小雅〈彤弓之什〉第8首〈庭燎〉

夜如何其？夜未央。庭燎之光，君子至止，鸞聲將將。

夜如何其？夜未艾。庭燎晰晰，君子至止，鸞聲噦噦。

夜如何其？夜鄉晨。庭燎有輝，君子至止，言觀其旂。

鸞同鳳凰一樣，也是神鳥，瑞祥的象徵。古代人甚至將鸞和鳳凰視為同一種：鸞為雌，鳳為雄。

【今譯】

天子問：晚上什麼時候了？侍者答：天尚未完全亮。宮庭的大燭點燃了，諸侯們要上朝了，馬車的鈴聲，將將的響著。

天子問：晚上什麼時候了？侍者答：天尚未完全亮。宮庭的燭光亮起來了，諸侯們要上朝了，馬車的鈴聲，噦噦的響著。

天子問：晚上什麼時候了？侍者答：天快亮了。宮庭的燭光都亮了，諸侯們要上朝了，可以看到諸侯的旗幟了。

鸞是傳說中的一種神鳥，似鳳凰。《說文解字》：「鸞，赤神靈之精也。赤色，五采，鳴中五音，頌聲作則至。」《山海經·西山經》：「有鳥焉，其狀如翟而五采文，名曰鸞鳥，見則天下安寧。」古時天子車上設鈴，車行時鈴受搖晃而發出響聲叫鸞鳴，表示吉祥之聲。此詩在讚揚宣王勤於政務，問侍者上朝的時間到了嗎？

鸞既是神鳥，在現實中便不是真有其鳥，牠的鳴聲如何，當然就無人知曉。馬車上的鈴聲是神鳥的鳴聲，自然是吉祥了。成語「鸞鳳和鳴」比喻為夫妻和諧，因鸞和鳳都是神鳥，鸞為雌，鳳為雄，牠們的合唱歌曲自然和諧，但這裡已將鸞和鳳合併為同一種鳥。「鸞翔鳳集」比喻賢才薈萃，也是將不同鳥類聚集在一起。

參考文獻

◎ 王岐山、顏重威。2002。中國的鶴、秧雞和鴇。國立鳳凰谷鳥園出版，南投。

◎ 王嘉雄、吳森雄、黃光瀛、楊秀英、蔡仲晃、蔡牧起、蕭慶亮。1991。台灣鳥類圖鑑。
　亞舍圖書有限公司，台北。

◎ 田秀華、王進軍。2001。中國大鴇。東北林業大學出版社，哈爾濱市。

◎ 朱曦、鄒小平。2001。中國鷺類。中國林業出版社，北京。

◎ 馬志軍、李文軍、王子健。2000。丹頂鶴的自然保護。清華大會出版社，北京。

◎ 馬逸清、李曉民。2002。丹頂鶴研究。上海科技教育出版社，上海。

◎ 莫容 主編。1994。中國的鶴文化。中國林業出版社，北京。

◎ 許維樞。1995。中國猛禽—鷹隼類。中國林業出版社，北京。

◎ 張孚允、楊若莉。1997。中國鳥類遷徙研究。中國林業出版社，北京。

◎ 鄭作新 主編。1978。中國動物志。鳥綱。第4卷。雞形目。科學出版社，北京。

◎ 鄭作新 主編。1979。中國動物志。鳥綱。第2卷。雁形目。科學出版社，北京。

◎ 鄭作新 主編。1993。中國經濟動物志。鳥類。第2版。科學出版社，北京。

◎ 鄭作新 主編。1997。中國動物志。鳥綱。第1卷。科學出版社，北京。

◎ 鄭作新、冼耀華、關貫勛。1991。中國動物志。鳥綱。第6卷。科學出版社，北京。

◎ 潘富俊。2001。詩經植物圖鑑。貓頭鷹出版，台北。

◎ 劉希平、陳浩、呂士成、王會。2000。丹頂鶴。上海科學技術出版社，上海。

◎ 顏重威。2002。丹頂鶴—丹頂鶴的自然史與人文記錄。晨星出版，台中。

◎ 顏重威、趙正階、鄭光美、許維樞、譚耀匡。1996。中國野鳥圖鑑。
　翠鳥文化事業有限公司，台北。

致 謝

《詩經》裡的鳥類如僅從文字的描述，很難讓人理解鳥的形象，拜現代科技文明進步之賜，有彩色攝影之術，能夠清楚地顯現出鳥的形態、色彩以及行為，增加人們對鳥類的認識。

本書絕大部分的鳥類彩色圖像是陳加盛提供的。陳君拍攝鳥類的生活多年，足跡遍及中國和海外各地。他將典藏豐富而精采的鳥類圖片慷慨地供我們選材取用。此外，如有不足之圖片，特別感謝李春蜜、周大慶、梁皆得、孫清松、張燕玲、黃文欣、郭玉民、廖東坤、劉彥廷、羅宏仁等人的大力協助。這些精美的鳥類圖片，不僅讓書本亮麗，且使內涵豐富。

在整本書的編輯過程中，鄉宇文化發行人羅宏仁為使本書更生動活潑，給予相當多的寶貴意見，並不辭辛勞洽詢相關鳥類生態行為圖片，以及蕭翠霞老師的協助潤色校對，讓《詩經裡的鳥類》臻於完美，在此一併感謝。

攝影協力（按姓氏筆劃排列）

李春蜜 p116下

周大慶 p16、p17、p18

梁皆得 p22下

孫清松 p45、p47

張燕玲 p91下

黃文欣 p173下

郭玉民 p20下、p21下、p23上下、p27上、p37、p38、p39、p41中、p77左3、p79下、p81上、p81下、p82上、p85上、p107上、p118、p119、p126、p127、p129、p137

廖東坤 p115上、p116上

劉彥廷 p89上、下

顏重威 封面右下、p33下、p52、p63、p65上、p66、p72上、p79中、p80、p81中、p83底圖、p85下、p98下、p99上下、p101上下、p124下、p125下、p128、p144、p179下、180

羅宏仁 p105

註解

1. 關關雎鳩
周南：第1首「關雎」

關關：雌、雄鳥相互回應的鳴叫
　　　聲。
雎鳩：即魚鷹。
窈窕：文靜而美麗。
逑：配偶。
參差：長短不齊的樣子。
荇菜：一種水生植物，即今稱莕
　　　菜。
流：尋求。
寤寐：夢寐。
思：語詞。
服：思念。
悠：深長。
輾轉：翻來覆去睡不著。
采：採也。
友：友愛。
芼：擇取。
鍾：同鐘。

2. 鳶飛戾天
1. 小雅：小旻之什第10首「四月」

鶉：釋文「鶉，鵰也，字或作而
　　　鷻」。
鳶：黑鳶。俗稱老鷹。
鱣：鯉魚。
鮪：淡水魚名，似鯉而小。

2. 大雅：文王之什第5首「旱麓」

鳶：黑鳶。俗稱老鷹。
豈弟：愷悌，和樂。
遐：豈有。

3. 時維鷹揚
大雅：文王之什第2首「大明」

牧野：作戰之處。
洋洋：廣漠的樣子。
檀車：檀木所製的車。
煌煌：鮮明的樣子。
駟騵：四匹白腹黑尾的赤馬。
彭彭：壯盛的樣子。

師：太師。
尚父：姜太公，名望，號尚父。
鷹揚：如鷹之揚威。
涼：輔佐。
肆伐：痛伐，猛攻。
會朝：當天早晨。

4. 鴥彼晨風、鴥彼飛隼
1. 國風：秦第7首「晨風」

鴥：音遹。疾飛的樣子。
晨風：鳥名，鸇也，今稱隼。
鬱：茂盛的樣子。
欽欽：憂愁。

2. 小雅：彤弓之什第4首「采芑」

鴥：疾飛的樣子。
隼：猛禽的一種，屬隼形目隼
　　　科。
戾天：至天際，到達高空。
集爰：停棲於樹上。
方叔：周之卿士，受命而為將。
涖：音立，臨也。
試：操練。
率：統率。
鉦：古時軍隊之樂器，鐃也。
陳師：集合部隊。
鞠：宣誓。
顯：高位。
允：誠然。
淵淵：鼓聲。
闐闐：壯盛。

3. 小雅：彤弓之什第9首「沔水」

沔：形容放濫的流水。
朝宗：歸向。
鴥：疾飛的樣子。
湯湯：水盛流的樣子。
不蹟：不循道理而行的人。
弭：止。
訛言：造謠。
寧：乃。
懲：審察。

5. 鴟鴞鴟鴞
1. 國風：陳第6首「墓門」

墓門：城門。
棘：酸棗樹。
斯之：劈除。
夫：此人。
已：制止。
梅：梅樹。
萃止：聚集。
訊：勸告。
顛倒：顛覆。

2. 國風：豳第2首「鴟鴞」

鴟鴞：猛禽類的鳥。
子：指周平王之叔父管叔和蔡
　　　叔。
室：巢也，指周室。
恩：愛心。
斯：語助詞。
鬻子：稚子，指周成王。
閔：憐也。
迨：趁著。
徹：取。
桑土：桑樹根。
綢繆：纏繞結紮。
牖戶：窗門。指鳥巢。
下民：巢下的人。
或敢：有誰。
拮据：手口並用。
捋荼：捋，採取。荼，蘆荻的穗
　　　子。
蓄租：蓄，積聚。租，同苴，草
　　　墊子。
卒瘏：卒，盡是也。瘏，病。
譙譙：羽毛脫落。
翛翛：尾羽疲敝。
翹翹：危險。
嘵嘵：恐懼的聲音。

3. 大雅：蕩之什第10首「瞻卬」

懿：同噫，歎詞。
梟：貓頭鷹，指惡鳥。
鴟：貓頭鷹，指惡鳥。
厲：禍亂。
時：是。
寺：宦官。

4. 魯頌：第3首「泮水」

翽：飛的樣子。

鴞：貓頭鷹。

葚：桑果。

懷：回報。

憬：蠻悍。

琛：寶。

元龜：大龜。

賂：餽贈。

南金：南方所產的金。

6. 振鷺于飛

1. 國風：陳第1首「宛丘」

湯：同蕩，即既歌唱又跳舞。

宛丘：今河南淮陽縣。縣有丘，
故叫宛丘。

洵有情兮：誠然是心情愉快。

無望：古時巫之降神，必有望
祭，貢獻牲畜和穀物以為
祭品。無望，即無祭品。

坎：擊鼓之聲。

值：執持，拿著。

鷺羽：用鷺鷥的飛羽做成的舞
具。

缶：陶器。

鷺翿：用鷺鷥的飛羽做成的羽
扇。

2. 周頌：臣工之什第3首「振鷺」

振：群飛的樣子。

鷺：白鷺。

雝：沼澤。

客：指夏王和商王之後代。

戾止：來助祭。

斁：音亦，厭惡。

3. 魯頌：第2首「有駜」

駜：馬匹肥壯的樣子。

明明：即勉勉，努力工作之意。

鷺：鷺羽，舞者手持鷺鷥飛羽所
做的羽扇。

振振：群飛的樣子。

咽：同淵，深長的鼓聲。

胥樂：共樂。

駽：青黑色的馬。

載燕：載，則；燕，宴飲。

歲：歲歲，每年。

有：豐收。

穀：構樹，一種多用途的樹。

詒：留給。

7. 鶴鳴于垤

國風：豳第3首「東山」

徂：往。

慆慆：很久。

零雨：落雨。

鸛：鳥名，屬鸛科。

垤：小土堆。

聿至：聿，語助詞。聿至，到家。

敦：孤懸。

瓜苦：即甜瓜和苦菜。

烝：在上面。

8. 有鶖在梁

小雅：都人士之什第5首「白華」

鶖：音秋，今名彩鸛或稱白頭環
鸛，屬鸛科。

梁：溪流之處。

鶴：丹頂鶴。

碩人：指其丈夫。

9. 維鵜在梁

國風：曹第2首「候人」

候人：道路迎送賓客的官，指賢
人。

何：同荷，負。

祋：以竹做的一種兵器。

彼其之子：指無品德的小人。

赤芾：天子賜給大夫之服。受天
子之命者，才能穿赤芾。

鵜：鵜鶘。

梁：水壩。

濡：沾濕。

咮：鳥嘴。

媾：寵。

薈、蔚：薈，草茂盛貌；蔚，即
今之牡蒿。

隮：虹。

季女：少女。

10. 鴻飛遵渚

1. 國風：邶第18首「新臺」

泚：鮮明的樣子。

河：指黃河。

瀰瀰：水盈滿而澄澈。

燕婉：青春美好，指公子『伋』。

籧篨：形似大水缸的竹簍，形容
臃腫老態，指衛宣公。

洒：高峻的樣子。

浼浼：水盛平淨。

殄：不知愛惜。

鴻：指大雁，即泛指雁屬
（Anser）之鳥。

離：同罹，被網捕也。

戚施：醜惡的蛙，癩蝦蟆。

2. 國風：豳第6首「九罭」

罭：魚網。九罭，指網孔細小的
魚網。

鱒、魴：均魚名。

覯：見。

袞衣：衣上畫有卷龍。

鴻：指大雁，即泛指雁屬
（Anser）之鳥。

公：指周公。

女：汝。

信：再宿。

不復：不再來東都。

3. 小雅：彤弓之什第7首「鴻雁」

鴻雁：泛指雁屬（Anser）之
鳥。

肅肅：疾速的羽聲。

之子：指使臣。

于征：出差公幹在外。

劬勞：辛苦。

于野：在野外。

矜：可憐的。

中澤：沼澤之中。

堵：垣牆。

究：終於。

嗸嗸：喧擾之聲。

哲人：指使臣。

宣驕：宣，表示；驕，傲慢不遜。

11. 弋鳧與鴈

1. 國風：鄭第8首「女曰雞鳴」

昧旦：黎明，即天色將明未明之
際。

興：起床。

明星：明亮的星光，指啓明星，它先日而出。

將翱將翔：指鳥兒將醒來，到處飛翔。

弋：射。

鳧：會潛入水中的野鴨，泛指河鴨（Anas 屬）。

鴈：指雁屬（Genus Anser）之類。

2. 國風：邶第9首「匏有苦葉」

匏：葫蘆。

苦：苦味。

濟：水名。

涉：渡口。

厲：帶子。

揭：舉起來。

盈：滿。

有鷕：形容雉雞的鳴叫聲。

濡：沾濕。

軌：車軸。

牡：雄雉。

雝雝：和諧的聲音。

旦：天剛亮。

歸妻：娶妻。

迨：趁著。

泮：凍結。

招招：用手招呼。

舟子：船夫。

卬：我。

須：等待。

12. 鴛鴦在梁
1. 小雅：都人士之什第5首「白華」

鴛鴦：游禽，屬鴨科。

梁：溪流之處。

戢：歛也。

2. 小雅：桑扈之什第2首「鴛鴦」

畢：長柄的小網。

羅：網捕。

13. 鳧鷖在涇
大雅：生民之什第4首「鳧鷖」

鳧鷖：鳧，野鴨或稱河鴨，即鴨

屬（Genus Anas）：鷖，鷗類。皆在河川、湖泊或海濱生活的水鳥。

涇：涇水。

公尸：人名。

來燕來寧：燕，宴也。受宴請而安然。

餴：同餴。

沙：水邊的灘地。

渚：小洲。

湑：濾淨。

脯：肉乾。

漼：水會之處。

宗：宗廟。

崇：高大。

亹：音門，水峽。

熏熏：和悅。

燔炙：燒或烤的肉。

後艱：以後的艱苦。

14. 鶉之奔奔
1. 國風：鄘第5首「鶉之奔奔」

鶉：斑翅山鶉。

奔奔、彊彊：匹配不亂，飛行相隨的樣子。

鵲：喜鵲。

2. 國風：魏第6首「伐檀」

坎坎：即砍砍，繼續不斷的伐木。

湄：河岸。

淪：小的水波。

兮：同兮字，語助詞。

稼：耕種。

穡：收割。

囷：農民盛穀物的圓倉。

縣：同懸，掛也。

鶉：斑翅山鶉。

素：無功。

飧：熟食。

15. 雞既鳴矣
1. 國風：王第2首「君子于役」

君子：指其丈夫。

役：出公差。

曷：何時。

塒：養雞的圍籬。

至：回家。

下來：回家。

佸：回家。

桀：繫牲畜用的小木樁。

下括：回家。

2. 國風：鄭第16首「風雨」

喈喈：雞叫的聲音。

夷：喜悅。

瀟瀟：風雨聲。

膠膠：雞叫的聲音。

瘳：病愈，開心。

晦：天色昏暗。

3. 國風：齊第1首「雞鳴」

朝：指清晨。

盈：日光圓滿。

昌：日光。

薨薨：同轟轟，昆蟲飛翔所發出的聲音。

會：將也。

無庶：希望不至於。

16. 雉之朝雊
1. 國風：邶第8首「雄雉」

雉：雉雞。

泄泄：緩舒自得的樣子。

阻：苦痛。

音：鳴叫。

展：誠實。

勞：掛念。

悠悠：無窮盡的。

曷：何。

不忮：不妒忌。

不臧：不可。

2. 國風：邶第9首「匏有苦葉」

瀰：水滿的樣子。

盈：滿。

有鷕：形容雉雞的鳴叫聲。

濡：沾濕。

軌：車軸。

牡：雄獸，此處指雄雉。

3. 國風：王第6首「兔爰」

爰爰：緩緩而行。

雉：雉雞，環頸雉。
離：陷入。
羅：網。
尚無為：還沒有多大的禍亂。
罹：憂患。
尚：希望。
寐無吪：一睡不醒，長眠不起。
罦：網。
造：人為的災禍
罿：網羅。
庸：戰亂之事。
聰：聽。

4．小雅：祈父之什第5首「斯干」

跂：同企，立足也。
斯翼：敬肅的樣子。
棘：房的角隅。
斯革：張開翅膀的樣子。
翬：雉雞、環頸雉。
躋：升。

5．小雅：小旻之什第3首「小弁」

斯：語助詞。
伎伎：安舒的樣子。
雉：雉雞、環頸雉。
雊：鳴。
壞木：枯萎的樹。
疾：傷病。
用：因而。
寧：乃。

17．有集維鷮
小雅：桑扈之什第4首「車牽」

依：茂盛的樣子。
鷮：長尾雉。
辰：善。
令德：良好的德行。
譽：同豫，快樂。
射：厭惡。

18．鶴鳴于九皋
小雅：彤弓之什第10首「鶴鳴」

鶴：應是丹頂鶴。
皋：澤地。
渚：水中小洲。
檀：青檀。

薄：林下的腐植層。
錯：礪石。
穀：構樹。

19．肅肅鴇羽
國風：唐第8首「鴇羽」

肅肅：急促飛翔的羽聲。
鴇：鳥名，指大鴇。
集：停棲、降落。
苞：茂盛。
栩：麻櫟樹。
王事：君王家的事。
靡盬：沒有停止的時候。
蓺：種植。
怙：依靠，生活的憑藉。
曷：什麼時候。
有：指安身的地方。
棘：酸棗樹。
極：終了。
嘗：品嚐。

20．于嗟鳩兮、翩翩者雕
1．國風：衛第4首「氓」

沃若：柔嫩潤澤的樣子。
于嗟：感歎詞。
桑葚：桑果，色紫紅而味甜。
耽：歡樂。指女子因一時感情衝
　　動而失身。
說：解釋理由。

2．小雅：鹿鳴之什第2首「四牡」

雕：音椎，鳥名。祝鳩、斑鳩。
翩翩：輕快飛行的樣子。
載：語助詞。
集：停棲、降落。
栩：麻櫟樹。
盬：音古，止息。
不遑：沒有閒暇。
將：奉養。
杞：枸骨。

3．小雅：白華之什第5首「南有
嘉魚」

雕：音椎，鳥名。祝鳩、斑鳩。
翩翩：輕快飛行的樣子。
烝然：久然，即費時很久。

來思：得到。
式：語助詞。
又思：又，同侑，勸也。思，語
　　助詞。

21．鳲鳩在桑、宛彼鳴鳩
1．國風：曹第3首「鳲鳩」

鳲鳩：布穀鳥，即大杜鵑。
儀：行為。
結：堅定。
梅：梅樹。
伊：維。
弁：皮冠。
騏：飾玉。
忒：錯誤。

2．小雅：小旻之什第2首「小宛」

宛：小的樣子。
鳴鳩：鳲鳩、布穀。本草綱目：
　　「或云鳲鳩即月令鳴鳩
　　也；鳴乃鳲字之訛。」。
　　今名大杜鵑。
翰：羽。
戾：至。
明發：天色即將光明。
二人：指父母。

22．燕燕于飛
1．國風：邶第3首「燕燕」

燕燕：指家燕，是一種候鳥。
于飛：正在飛。
差池：互相參錯的狀態。
于歸：出嫁。
頡：向下飛行。
頏：向上振飛。
將：送。
佇：久立。
音：鳴叫。
勞：傷痛。
仲氏：指女弟。
任：可信任。
只：語詞。
塞：誠實。
淵：深厚。
終溫且惠：既溫和且柔順，
先君之思：以先君為念。

勗：勉勵。
寡人：指衛君。

2. 商頌：第3首「玄鳥」

玄鳥：即家燕。
降而生商：相傳高辛氏妃有娀氏
　　　　女兒簡狄，吞燕卵而
　　　　生契。契做舜的司
　　　　徒，幫禹治水有功，
　　　　封於商，為商之始
　　　　祖，所以指玄鳥生
　　　　商。
宅：居。
殷：地名。
芒芒：很大的樣子。
帝：上帝。
武湯：有武德的湯。
正：治理。
域：疆域。

23. 脊令在原

1. 小雅：鹿鳴之什第4首「常棣」

脊令：鳥名，鶺鴒。
每：雖也。
況：發語詞。
永歎：長歎息。

2. 小雅：小旻之什第2首「小宛」

題：視、看。
脊令：鶺鴒。
載：語助詞。
邁：奔忙。
征：辛勞工作。
忝：辱。

24. 七月鳴鵙

國風：豳第1首「七月」

火：星名。
萑葦：萑，音丸。萑葦，即蘆葦。
蠶月：養蠶的時期。
條：整理，修剪。
斨：斧之類。
猗：使之茂盛。
女桑：幼小的桑樹。
鵙：音決。伯勞鳥。
績：紡織。

載：染成。
朱：紅色。
孔：非常，甚也。
揚：鮮艷。

25. 肇允彼桃蟲

周頌：閔予小子之什第4首「小毖」

毖：慎也。
莽：使也。
螫：昆蟲咬人。
肇允：開始以為。
桃蟲：鷦鷯。
維鳥：大鳥。
蓼：水蓼。

26. 交交桑扈

1. 小雅：小旻之什第2首「小宛」

交交：鳥的鳴叫聲。
桑扈：鳥名，即今之蠟嘴雀屬
　　　（Eophona spp.），此屬中
　　　國有2種。
率：繞。
填：同瘨，有病。
宜：「且」之誤。
岸：犴、監獄。
握粟：手裡拿一把粟。
縠：善。

2. 小雅：桑扈之什第1首「桑扈」

鶯：文朵。
君子：指諸侯。
樂胥：即胥樂。胥，皆也。
祜：幸福。
領：脖子。
屏：屏障。

27. 緜蠻黃鳥

1. 周南：第2首「葛覃」

葛：葛藤，莖之纖維可織葛布。
覃：延長的意思。
施：拖拖拉拉的意思。
萋萋：形容葉子茂盛。
黃鳥：即今之黑枕黃鸝。
集：降落。

喈喈：黃鳥鳴唱的聲音。

2. 國風：邶第7首「凱風」

睍睆：睍是錯字，事實上是睍
　　　睆，美好的樣子。
載：語詞。

3. 國風：秦第6首「黃鳥」

交交：形容鳥叫的聲音。
棘：酸棗樹。
從：即從死，就是殉葬。
子車：姓氏。
維：語助詞。
奄息、仲行、鍼虎：都是人名。
特：當，抵得上。
穴：墓穴。
惴惴：形容害怕的樣子。
慄：發抖。
殲：毀滅。
良人：有才幹的人。
防：戒備。
禦：抵抗。
桑：桑樹。
楚：黃荊。

4. 國風：豳第1首「七月」

火：星名。
載：開始。
陽：溫暖。
倉庚：黑枕黃鸝。
懿筐：深而好看的籮筐。
遵：順著。
微行：小路。
爰：於是。
遲遲：日漸長。
蘩：白蒿。
殆：將要。

5. 國風：豳第3首「東山」

徂：往也。
慆慆：久久也。
零雨：落雨。
熠燿：發光的樣子。
皇：黑白相雜之馬。
駁：赤身黑鬣而雜以白色之馬。
九十：多之意。
孔嘉：喻夫妻感情甜蜜

6. 小雅：鹿鳴之什第8首「出車」

遲遲：舒緩的樣子。
卉：花草。
萋萋：茂盛的樣子。
倉庚：黃鸝。
喈喈：和諧的聲音。
蘩：白蒿。
祁祁：眾多。
執：生得之也。
訊：探聽消息，間諜。
醜：惡人。
薄、言：皆語助詞。
赫赫：威武的樣子。
南仲：人名。周宣王時之大將。
玁狁：當時的外族。
夷：平服。

7. 小雅：祈父之什第3首「黃鳥」

集：降落。
穀：構樹。
不我肯穀：穀是友善之意。
明：盟也，信賴也。
復：返回。
栩：麻櫟樹。

8. 小雅：都人士之什第6首「?蠻」

?蠻：文采緻密的樣子。
阿：曲阿。
後車：副車。
謂：告訴、告知。
憚：害怕。
趨：奔跑。
極：目的地。

28. 維鵲有巢

1. 召南：第1首「鵲巢」

維：發語詞。
鵲：喜鵲。
鳩：斑鳩，也可能是雀鷹或紅腳隼。
兩：同輛，車輛也。
御：迎接。
方：佔有。
將：送行。
盈：充滿，佔滿。

2. 國風：陳第7首「防有鵲巢」

防：堤防。
邛：丘，或高地。
旨：味香。
苕：紫雲英，一種生於濕地、可食的草。
侜：欺罔、蒙蔽。
予美：我所愛的人。
忉忉：憂愁。
中唐：中庭之路。
鷊：綬草，生長於低濕地方的草本。
甓：陶器。
惕惕：憂懼。

29. 莫黑匪烏、弁彼鸒斯

1. 國風：邶第16首「北風」

狐：狐狸。
烏：烏鴉。
惠而好我：惠然愛我。
虛：緩慢。
邪：遲緩。
亟：急速。
只且：語尾詞。

2. 小雅：祈父之什第8首「正月」

惸惸：音瓊，憂思的樣子。
無祿：不幸。
並：一併。
烏：烏鴉。
爰：緩慢飛行。
蓋卑：山很低。
為：謂之誤。
岡陵：山岡土陵。
寧：乃也。
懲：審查辨別。

3. 小雅：小旻之什第3首「小弁」

弁：快樂的樣子。
鸒：烏鴉。
提提：群飛安詳的樣子。
穀：善。

羅：憂患。

30. 鳳凰于飛

大雅：生民之什第8首「卷阿」

鳳凰：傳說中吉祥的神鳥。
翽翽：羽聲。
藹藹：眾多、茂盛的樣子。
傅：至也。
萋萋萋萋：萋萋和萋萋都是茂盛的樣子。
雝雝喈喈：和諧。

31. 鸞聲將將

小雅：彤弓之什第8首「庭燎」

夜央：未盡也，言時間尚早。
庭燎：大燭。
止：語尾詞。
君子：指諸侯。
鸞聲：車之鈴聲。
夜艾：同夜央。
晣晣：明亮。
噦噦：響聲。
鄉晨：即向晨，天快亮。
煇：光亮。
言：語詞。
旂：旗上繪有龍紋。

詩經鳥類索引

鳥名	引自詩經篇章	明本草綱目 （西元1593年）	今名 （括弧內數字 為分布圖頁碼）	英名	學名	備註	頁數
睢鳩	周南·關睢	鶚	魚鷹(16)	Osprey	*Pandion haliaetus*		14-18
鵰	小雅·小旻之什 四月	鷲、皁鵰	烏鵰	Greater Spotted Eagle	*Aquila clanga*		19, 20-21
		鵰、羌鷲	金鵰	Golden Eagle	*A. chrysaetos*		
		海東青、鷲	草原鵰	Steppe Eagle	*A. rapax*		
		鵰、鷲	白肩鵰	Imperial Eagle	*A. heliaca*		
鳶	小雅·小旻之什 四月，大雅·文王 旱麓		老鷹、鷂鷹、 黑鳶（21）	Black Kite	*Milvus migrans*		19, 21-23
鷹	大雅·文王之什 大明	角鷹、鶻鳩	鷹	Accipiters	*Accipiter spp.*	鷹屬	24-29
			鷂	Harriers	*Circus spp.*	鷂屬	
			鵟	Buteos	*Buteo spp.*	鵟屬	
晨風 （鸇）	秦風·晨風	隼	隼	Falcons	*Falco spp.*	隼屬	30
隼	小雅·彤弓之什 采芑、沔水	隼	紅隼（32）	Kestrel	*Falco tinnunculus*		30-35
			燕隼	Hobby	*F. subbuteo*		
			紅腳隼（32）	Red-footed Falcon	*F. vespertinus*		
			獵隼（32）	Saker Falcon	*F. cherrug*		
			遊隼	Peregrine Falcon	*F. peregrinus*		
鴟鴞	陳風·墓門、 翻風·鴟鴞	梟鴟、土梟、 山鴞、雞鴞、 鵩、訓狐、 流離、魂	貓頭鷹	Owls	中國隼形目（即鷹鷲類）鳥類 有59種、中國鴞形目（即貓頭 鷹類）有29種		36-43
梟	大雅·蕩之什·瞻卬	梟	貓頭鷹	Owls	中國隼形目（即鷹鷲類）鳥類 有59種、中國鴞形目（即貓頭 鷹類）有29種		38, 41
鴞	大雅·蕩之什· 詹卬·魯頌·泮水	梟鴟、土梟、 山鴞、雞鴞、 鵩、訓狐、流離 魂	貓頭鷹	Owls	中國隼形目（即鷹鷲類）鳥類 有59種、中國鴞形目（即貓頭 鷹類）有29種		36-43

鳥名	引自詩經篇章	明本草綱目 (西元1593年)	今名 (括弧內數字 為分布圖頁碼)	英名	學名	備註	頁數
鷺	陳風・宛丘、周頌・臣工之什・振鷺、魯頌・有駜	鷺	大白鷺（鷺鷥、絲禽、雪客、白鳥、白鷺）(48)	Large Egret	*Egretta alba*	通指白鷺屬	44-53
			中白鷺（鷺鷥、絲禽、舂鋤（中白鷺）、白鳥、白鷺）(48)	Intermediate Egret	*E. intermedia*		
			小白鷺（鷺鷥、絲禽、白鳥、白鷺）(48)	Little Egret	*E. garzetta*		
鸛	豳風・東山	早君、負釜、黑尻	白鸛	White Stork	*Ciconia ciconia*		54-57
			東方白鸛 (56)	Eastern White Stork	*C. boyciana*		
			黑鸛 (56)	Black Stork	*C. nigra*		
鵜	小雅・都人士之什・白華	禿鶖	彩鸛（白頭䴉鸛）(56)	Painted Stork	*Mycteria leucocephala*		58-61
鵜	曹風・候人	犁鶘、鴮鸅、逃河、淘鵝	鵜鶘（斑嘴鵜鶘、卷羽鵜鶘）(64)	Pelicans (Spot-billed Pelican or Pink-backed Pelican)	*Pelecanus philippensis or Pelecanus rufescens*		62-65
鴻	邶風・新臺、豳風・九罭、小雅・彤弓之什・鴻雁		鴻雁 (73)	Swan Goose	*Anser cygnoides*	雁屬	66-73
			白額雁 (70)	White-fronted Goose	*Anser albifrons*		
			灰雁 (70)	Greylag Goose	*Anser anser*		
			豆雁 (70)	Bean Goose	*Anser fabalis*		
鳧	鄭風・女曰雞鳴、大雅・生民之什・鳧鷖	鳧	河鴨屬	Ducks	*Anas spp.*	河鴨屬中國有10種	74-85
鴈	鄭風・女曰雞鳴、邶風・匏有苦葉	野鵝、駒鵝	小白額雁	Lesser White-fronted Goose	*Anser erythropus*		74, 79-85
			雪雁	Snow Goose	*Anser caerulescens*		83-84

鳥名	引自詩經篇章	明本草綱目 (西元1593年)	今名 (括弧內數字 為分布圖頁碼)	英名	學名	備註	頁數
鴛鴦	小雅・都人士之 什・白華・桑扈之 什・鴛鴦　鴛鴦	鴛鴦	鴛鴦 (91)	Mandarin Duck	*Aix galericulata*		86-91
鷖	大雅・生民之什 ・鳧鷖	海鷗、江鷗、 信鳧	鷗	Gulls	*Larus spp.*	鷗屬	92-101
			燕鷗	Terns	*Chlidonias spp.*	浮鷗屬	
					Sterna spp.	燕鷗屬	
鶉	鄘風・鶉之奔奔、 魏風・伐檀	鶉、幼子曰 鳨，鷃、鴽、 鷯、鳻(鶉鷃)	斑翅山鶉 (106)	Daurian Partridge	*Perdix dauuricae*		102-107
雞	王風・君子于役、 鄭風・風雨、齊 風・雞鳴	原雞、家雞		Red Jungle Fowl	*Gallus gallus*		108-111
雉	邶風・雄雉、匏有 苦葉、王風・兔 爰、小雅・小旻之 什・小弁	雉、翟雉、鷸 雉、鷩雉、鵫 雉、海雉	雉雞（環頸雉、 野雉、山雞、 雉、翟、鷭） (114)	Common Pheasant	*Phasianus colchicus*		112-117
翬	小雅・祈父之什 ・斯干	鶴雉	雉雞 (114)	Common Pheasant	*Phasianus colchicus*		115
鷮	小雅・桑扈之什 ・車牽	鷮雉	長尾雉 （白冠長尾雉）	White- crowned Long-tailed Pheasant	*Syrmaticus reevesii*		118-120
鶴	小雅・彤弓之什・ 鶴鳴、小雅・都人 士之什・白華	鶴	丹頂鶴 （仙鶴、白鶴） (124)	Red-crowned Crane	*Grus japonensis*		121-125
鴇	唐風・鴇羽	鴇	大鴇（地鵏、 鴇、羊鬚鵏、青 鵏、獨豹、地花 雞）　(128)	Great Bustard	*Otis tarda*		126-129
鳩	衛風・氓	鵓	斑鳩（火斑鳩、 山斑鳩、珠頸斑 鳩）	Doves	*Streptopelia spp.*	鳩鴿科	130-135
			斑鳩(珠頸斑鳩) (132)	Spotted Dove	*Streptopelia chinensis*		
			斑鳩(山斑鳩) (132)	Rufous Turle Dove	*S. orientalis*		
雖	小雅・鹿鳴之什・ 四牡、白華之什・ 南有嘉魚	斑鳩、斑佳、 錦鳩、鵓鳩、 祝鳩	斑鳩（火斑鳩） (132)	Red Turtle Dove	*S. tranquebarica*		130-135

索引

鳥名	引自詩經篇章	明本草綱目 （西元1593年）	今名 （括弧內數字 為分布圖頁碼）	英名	學名	備註	頁數
鳲鳩	曹風・鳲鳩、小雅・小旻之什・小宛	布穀、鴶鵴、穜穀、郭公	布穀鳥、大杜鵑（138）	Cuckoos	*Cuculus spp.*		136-141
燕燕	邶風・燕燕		家燕（鳦、乙、鷾鴯、意而、元鳥、烏衣、鷖鳥、朱鳥、天女、神女、社燕）（146）	House Swallow	*Hirundo rustica*		142-147
玄鳥	商頌・玄鳥		家燕（鳦、乙、鷾鴯、意而、元鳥、烏衣、鷖鳥、朱鳥、天女、神女、社燕）	House Swallow	*Hirundo rustica*		
脊令	小雅・鹿鳴・常棣、小雅・小旻之什・小宛		黃鶺鴒（150）	Yellow wagtail	*Motacilla flava*		148-153
			黃頭鶺鴒（150）	Yellow-headed Wagtail	*M. citreola*		
			灰鶺鴒（150）	Grey Wagtail	*M. cinerea*		
			白鶺鴒（152）	Pied Wagtail	*M. alba*		
鵙	豳風・七月	鵙、伯鷯、博勞、伯趙、鴂、鶪	棕背伯勞（158）	Rufous-backed Shrike	*Lanius schach*	中國伯勞屬有12種	154-159
			紅尾伯勞（158）	Brown Shrike	*L. cristatus*		
桃蟲	周頌・閔予小子之什・小毖	巧婦鳥、鷦鷯、桃蟲、蒙鳩、女匠、黃脰雀	黃腹山鷦鶯（黃腹鷦鶯、灰頭鷦鶯）（162）	Yellow-bellied Wren Warbler	*Prinia flaviventris*		160-163
桑扈	小雅・小旻之什・小宛、桑扈之什・桑扈	扁鳥、蠟嘴、竊脂	黑頭蠟嘴雀	Masked Hawfinch	*Eophona personatus*		164-167
			黑尾蠟嘴雀	Black-tailed Hawfinch	*Eophona migratoria*		
			錫嘴雀（166）	Hawfinch	*Coccothraustes coccothraustes*		
黃鳥	周南・葛覃、邶風・凱風、秦風・黃鳥、豳風・七月、東山、小雅・鹿鳴之什・出車、祈父之什・黃鳥、都人之什・緜蠻	鵹、鶯、黃鸝、黃伯勞	黑枕黃鸝（黃鸝）（172）	Black-napped Oriole	*Oriolus chinensis*		168-175

鳥名	引自詩經篇章	明本草綱目 （西元1593年）	今名 （括弧內數字 為分布圖頁碼）	英名	學名	備註	頁數
鵲	鄘風·鶉之奔奔、召南·鵲巢、陳風·防有鵲巢		喜鵲、神女、飛駁鳥、干鵲、客鳥 (178)	Magpie	*Pica pica*		176-181
烏	邶風·北風、小雅·祈父之什·正月、小旻之什·小弁·	鶇鶋、鴉烏、老雅、楚烏、大嘴烏	烏鴉（巨嘴鴉、大嘴烏鴉） (184)	Thick-billed Crow	*Corvus macrorhynchus*		182-187
鳳凰	大雅·生民之什·卷阿		鳳凰	Phoenix		神話中的鳥類	188-189
鸑	小雅·彤弓之什·庭燎		鸑	Phoenix		神話中的鳥類	190

索引

鳥名索引

暗紅頁碼為分布圖所在頁面

一劃

乙	144

三劃

土梟	41
大白鷺	49–50，48
大杜鵑	138–140，138
大嘴烏	185
大嘴烏鴉	185–186，184
大鴇	127–128，128
女匠	161
小水鴨	78
小白額雁	81–83
小白鷺	49–53，48
小桑鳸	167
小嘴烏鴉	185
小鴇	127
小燕鷗	98
山烏	185
山斑鳩	133–135，132
山雉	119
山鷯	41
山雞	116,119
干鵲	178

四劃

中白鷺	49–50，48
丹頂鶴	121–125，124
元鳥	144
天女	144
火斑鳩	133，135，132
牛背鷺	51

五劃

仙鶴	122
巨嘴鴉	184
巧女	161
巧婦鳥	160
布穀	138
布穀鳥	136
玄鳥	144
白肩鵰	21
白冠長尾雉	118–120
白翅浮鷗	95
白鳥	49
白頸長尾雉	118
白頸鴉	185

白頭環鵯	60
白額雁	69，81，70
白額燕鷗	97–99，96
白鵜鶘	63
白鷴	122
白鶴子	49
白鷴鶹	149–151，152
白鷺	49
白鸛	54–57

六劃

地花雞	127
地雞	119
地鷚	127
尖尾鴨	77，76
朱鳥	144
朱鷺	49
江鷗	94
灰雁	69，81，70
灰頭鷦鶯	162，162
灰鷴鶹	148–153，150
羊鬍鬚	127
老雅	185
老鷹	15，21–23，20

七劃

伯勞	154
伯趙	154
伯鷯	154
沉鳧	77
豆雁	69，81，70

八劃

卷羽鵜鶘	64
夜鷺	51
東方白鸛	54–57，56
河鴨屬	77–78
波斑鴇	127
社燕	144
花脖斑鳩	133
花臉鴨	78
金衣	174
金衣公子	175
金背鳩	134，133
金鵰	21
長耳鴞	41
長尾雉	118–120
阜鵰	21
青雀	165
青鷴	127

九劃

冠鳧	77
客鳥	178
流離	41
紅尾伯勞	156–159，158
紅隼	33–35，32
紅腳隼	34，32
紅鳩	130，135，132
紅嘴山鴉	185
紅嘴巨鷗	100
紅嘴鷗	95
紅樹歌童	175
飛駮鳥	178

十劃

倉庚	174
原雞	108–111
家燕	144–147，146
家雞	110
栗背伯勞	156
桑扈	164
桑鳸	166
桃蟲	160–163
桃蟲鷦	161
海雉	115–116
海鷗	92–97
烏	185
烏衣	144
烏鴉	182–187
烏鵰	21
烏鸛	55–56
珠頸斑鳩	133–134，132
神女	144，178
粉紅燕鷗	100–101
脊令	148
荊鳩	133
草原鵰	20–21
訓狐	41
逃河	63
隼	30–35，41

十一劃

彩鸛	58–61，60
晨風	30
梟	38，41
梟鴟	41
淘鵝	63
犁鶘	63
舂鉏	49

春鋤　49
郭公　138
野雞　116
野鴨　76
野鶩　76
雪客　49
雪雁　81，83-84
魚鷹　14-18，16
麥鷂　134

十二劃

博勞　154
喜鵲　176-181，178
斑隹　133
斑翅山鶉　102-107，106
斑嘴鵜鶘　62-65，64
普通燕鷗　97
棕背伯勞　154-156，158
短耳鴞　40
絲禽　49
雅烏　185
黃伯勞　174
黃流離　174
黃栗留　174
黃脰雀　161
黃袍　174
黃鳥　168-175
黃腹山鷦鶯　160-163，162
黃腹鷦鶯　162
黃頭鶺鴒　149，150
黃鶯　174
黃鶯　174
黃鶺鴒　148-149，150
黃鸝　174
黃鸝鶯　174
黑尾蠟嘴雀　166-167
黑尾鷗　92，95
黑枕黃鸝　168-175，172
黑長尾雉　118，120
黑脊鷗　97，96
黑腹燕鷗　97-98，98
黑鳶　15，19-23，20
黑嘴鷗　94-95
黑頭蠟嘴雀　166
黑鸛　54-57，56
鳦　144

十三劃

意而　144
慈烏　185
搏黍　174
楚烏　185
楚雀　174
楚鳩　133
裡海燕鷗　100
遊隼　35
達烏里寒鴉　185
雉　112-117
雉鳩　134
雉雞　112-117，114
鳩　130-135
睢鳩　14-18，16
鳪雉　115
鳧　74-77

十四劃

綠翅鴨　78
綠頭鴨　77，76
翟雞　119
蒙鴋　160
銀鷗　95-97，96
䰠　41
鳶　19-23
鳳凰　188-189
鳳頭潛鴨　77，82
鳲鳩　136-138
鴀　127

十五劃

鴉烏　185
鴂　154
鳪　115-116
鳪雉　115
鴇　126-127
鴈　74，79-81

十六劃

澤鳧　77，82
燕烏　185
燕隼　34
燕燕　142-147
燕鷗　97-101
獨豹　127
貓頭鷹　36-43
錫嘴雀　166-167，166
錦鳩　133
鴣鷯　133
鴛鴦　86-91，90
鴞　36-43
鴇　127
鵂鶹　36-43
鴚鵝　81

十七劃

環頸雉　115-116，114
縱紋腹小鴞　40
鴻　66-73，81
鴻雁　67-73，81，72
鵠鵴　138
鵜鶘　63
鵂　41
鵂鶹　41
鴽　106

十八劃

獵隼　32
離黃　174
雞　108-111
雞鴞　41
鵜　62
鵜鶘　62-65
鵓鳩　133
鵙　154
鵟　26-27

十九劃

穫穀　138
臘嘴雀　167，166
羅紋鴨　77，80
鶉　102-107
鵲　176-181
鵪　106
鵪鶉　105-106
鵱鷜　81
鶇雉　115-116
鵰　20-21
鵰鴞　41，40
鵩　41
鵻　130-133

廿劃

鶻鵃　185
鶩黃　174
鶚　15，16
鶖　58-61

廿一劃

蠟嘴雀　164-167
襪雀　162
鶯　174
鶴　121-125

鶪	25-26, 116	竊脂	165	鸏	77
鶪雉	115	鷸	118-119	鸇	119
鶪鷹	21	鷸雉	115-116, 119	鸇雉	115-116, 119
鶬	185	鷦鷯	160	鸛	54-57
鷃	106, 156	鷩	20, 41	鷟	190
鸇	41	廿四劃		鸕鷀	174
廿二劃		鷹	24-29	鸕鷀	174
鷉浮鷗	95-99, 98	鷹鵙	41	鸕鶿	175
鷗	92-101	鷺	44-49	鸞	174
鴛雉	115-116	鷺鷥	49-53		
鷿鳥	144	鸊鷉	144		
廿三劃		廿五劃以上			
鷺	92-94	鸔	106		

詩經篇名索引

篇名	頁數	篇名	頁數	篇名	頁數
七月	171, 154	防有鵲巢	176	黃鳥	169, 173
九罭	66	兔爰	114	新臺	67
大明	24	卷阿	188	葛覃	168
女曰雞鳴	74	宛丘	44	鳧鷖	92
小弁	112, 184	東山	54, 171	墓門	37
小宛	137, 148, 164	氓	130	鳲鳩	136
小毖	160	采芑	30	鴶羽	126
出車	172	泮水	39	燕燕	142
北風	182	南有嘉魚	132	鴛鴦	86
四月	19	風雨	108	鳲鳩	36
四牡	131	候人	62	鴻雁	68
正月	182	庭燎	190	瞻卬	38
玄鳥	143	振鷺	44	雞鳴	109
白華	58, 86	桑扈	164	關雎	14
伐檀	102	匏有苦葉	74, 113	鶉之奔奔	102
旱麓	19	常棣	148	鵲巢	176
有駜	46	晨風	30	鶴鳴	121
君子于役	108	凱風	169	縣蠻	168
沔水	31	斯干	115		
車舝	118	雄雉	112		

扈 ㄏㄨˋ	梟 ㄒㄧㄠ	鳦 ㄧˋ	雎 ㄐㄩ	鳩 ㄐㄧㄡ	鳪 ㄅㄨˇ	鳧 ㄈㄨˊ	鳶 ㄩㄢ	鳲 ㄕ	鳵 ㄅㄠˇ
鴂 ㄐㄩㄝˊ	翬 ㄏㄨㄟ	鴇 ㄅㄠˇ	鴈 ㄧㄢˋ	鳸 ㄏㄨˋ	鴣 ㄍㄨ	鴒 ㄌㄧㄥˊ	鴥 ㄩˋ	鴞 ㄒㄧㄠ	鴩 ㄧˋ
鴐 ㄐㄧㄚ	鴲 ㄓ	鴚 ㄐㄧㄚ	鴶 ㄐㄧˊ	鴮 ㄨ	鴯 ㄦˊ	鵂 ㄒㄧㄡ	鴽 ㄖㄨˊ	鵠 ㄏㄨˊ	鵜 ㄊㄧˊ
鵓 ㄅㄛˊ	鵏 ㄅㄨˋ	鵙 ㄐㄩㄝˊ	鵟 ㄎㄨㄤˊ	鶩 ㄨˋ	鶉 ㄔㄨㄣˊ	鵪 ㄢ	鵱 ㄌㄨˋ	鶋 ㄐㄩ	鵫 ㄓㄠˋ
鶪 ㄐㄩˊ	鵰 ㄉㄧㄠ	鵩 ㄈㄨˊ	鵻 ㄓㄨㄟ	鵯 ㄅㄟ	鵹 ㄌㄧˊ	鶘 ㄏㄨˊ	鶚 ㄜˋ	鶖 ㄑㄧㄡ	鷂 ㄧㄠˋ
鷁 ㄧˋ	鶠 ㄧㄢˇ	鶻 ㄍㄨˇ	鷚 ㄌㄧㄡˋ	鶺 ㄐㄧˊ	鷓 ㄓㄜˋ	鷞 ㄕㄨㄤ	鷜 ㄌㄡˊ	鷩 ㄅㄧˋ	鷙 ㄓˋ
鷖 ㄧ	鷕 ㄧㄠˇ	鷻 ㄊㄨㄢˊ	鷯 ㄌㄧㄠˊ	鷮 ㄐㄧㄠ	鷦 ㄐㄧㄠ	鷲 ㄐㄧㄡˋ	鷬 ㄏㄨㄤˊ	鷾 ㄧˋ	鸇 ㄓㄢ
鸅 ㄓㄜˊ	鸋 ㄋㄧㄥˊ	䴉 ㄏㄨㄢˊ	鸍 ㄕ	鸐 ㄉㄧˊ	鸒 ㄩˋ	鸛 ㄍㄨㄢˋ	鸞 ㄌㄨㄢˊ	鸝 ㄌㄧˊ	鸎 ㄧㄥ

鳥字發音

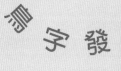

國家圖書館出版品預行編目資料

詩經裡的鳥類／顏重威著；陳加盛等攝影. --
　台中市：鄉宇文化, 2004 [民93]
　208面：14.8×21公分
　參考書目：1面，含索引
　ISBN 957-28385-4-7（平裝）

1. 詩經－研究與考訂　2. 鳥類－圖錄

831.18　　　　　　　　　　　　　93015007

詩經裡的鳥類

作　　者：顏重威
攝　　影：陳加盛 李春蜜 周大慶 梁皆得 孫清松 張燕伶
　　　　　黃文欣 郭玉民 廖東坤 劉彥廷 顏重威 羅宏仁
發 行 人：羅宏仁
出 版 者：鄉宇文化事業股份有限公司
　　　　　40041台中市中區中山路17之4之1號
　　　　　電話：（04）22218493　傳真：（04）22219283　郵撥：22200020
　　　　　Email：species@ms4.seeder.net　http://www.species.com.tw
編　　輯：徐錦淳
封面設計：李　男
校　　對：徐錦淳、余菁凱、蕭翠霞、陳怡君、洪　漢
排　　版：李男工作室
印　　刷：華顏印刷股份有限公司
出版日期：2004年9月20日
定　　價：新台幣400元

行政院新聞局局版臺省業字第629號
ISBN 957-28385-4-7